परिवर्तन

(दूसरा वॉल्यूम)

गोपाल पात्र

pencil

ISBN 978-93-5610-697-0

Published in India 2022 by Pencil

A brand of
One Point Six Technologies Pvt. Ltd.
123, Building J2, Shram Seva Premises,
Wadala Truck Terminal, Wadala (E)
Mumbai 400037, Maharashtra, INDIA
E connect@thepencilapp.com
W www.thepencilapp.com

Author biography

गोपाल पात्र

एक बेदाग कवि-कथाकार का जीवन, युद्ध में लड़ने वाला एक अजेय सैनिक - जिसका हथियार है निडरता और ईमानदारी ... विवरण के लिए Google खोजें या अंग्रेजी में "Gopal Patra" हिंदी में"गोपाल पात्र " बंगाली में लिखें " গোপাল পাত্র सर्च करने पर सारी जानकारी मिल जाएगी।

डाक का पता:-

ग्राम :- भगवतीपुर

पोस्ट :- चतुर्भुज कटि

थाना :- संकरैल

जिला :- हावड़ा

पिन कोड :- 711313

फोन नंबर :- 9143098660

ईमेल आईडी :- patragopal561@gmail.com

अमेज़न लेखक पेज लिंक:

https://www.amazon.com/author/www.gopalpatra.com

CONTENTS

समर्पण

यह उपन्यास भगवतीपुर के समस्त ग्रामवासियों को समर्पित है...

प्रस्तावना

समरेश भारी आवाज के साथ वापस संबित के पास पहुंचता है - डेढ़ से दो सौ मीटर के बीच बम फटने की आवाज को समझना मुश्किल नहीं है।

मेन रोड पर अचानक दो-चार बाइकों ने घोर शोर मचाया और भागती नजर आईं! एक-दो लोग गांव की सड़क के किनारे दौड़े।

हल्की कदरानी की आवाज से समरेश के कान भारी हो रहे हैं! उस समय मेरे कानों में भय से मिश्रित एक आवाज आई, तुम कहाँ हो? सुना?

समरेश बस मुँह में चिल्लाया - हुह ...

गृहिणी जोर से शोर से उठी और बिस्तर से उठ बैठी! भयभीत होकर उसने फिर कहा, "जल्दी से बत्ती बुझा दो... लेट जाओ!"

समरेश ने देर नहीं की दरवाज़ा कुंडी दो अच्छी!

एक बार बत्ती बुझने पर मैंने सोचा- घर के मुख्य द्वार की चाबी दे दी गई है? ऐसा लग रहा था जैसे उसने रात का खाना खुद खा लिया हो और सभी गेटों की चाबी दे दी हो - जब सब सो रहे थे तो वह साहित्य का अभ्यास करने के लिए बैठा था ... यह उसके जूते या बुरी आदतें हो सकती हैं! लेकिन आदत कब तक आसानी से नहीं जाती!

थोड़ी देर देखकर गृहिणी की कोमल फटकार - क्या बात है!

समय-समय पर एक गिलास पानी पिएं ... आप टेबल लैंप को बंद कर सकते हैं - आपको क्या लगता है?

समरेश ने बत्तियाँ बुझाकर बिस्तर ले लिया! पर नींद ही नहीं आ रही.. मन में कितने अजीब ख्याल आ रहे हैं-कुछ सच और कुछ मिली-जुली कल्पना!

इसमें कोई शक नहीं कि इस घटना में कोई गंभीर रूप से घायल हुआ या मारा गया।

सुबह शुरू होगी पुलिस उत्पीड़न-योजना के मुताबिक कुछ लोगों के नाम पर होगा केस! असली गुनहगार मछली की तरह हाथ में गैप लेकर निकलेंगे! कुछ तथाकथित चूना पत्थर पकड़े जाएंगे - और कुछ बेगुनाह लोग बेघर हो जाएंगे ...

क्योंकि स्थानीय आम लोगों के कुछ घरों में हर रात पुलिस दर होगी! आजकल पुलिस भी आम मासूम लोगों के साथ हम्बीतांबी की तरह है!

पूरी न्यायपालिका को पैसे के मानक से दंडित किया जाता है। हत्या-डकैती-धोखाधड़ी-बलात्कार-आज कल की घटना है! सब कुछ सब जानते हैं- लेकिन प्रशासन की आंखों पर पट्टी है- आंखों से भी अंधी...

चोर, ठग, दलाल, धोखेबाज, राजनीतिक गुट ... दलाल, प्रमोटर, आम लोग जो अपने ही गुट के साथ संघर्ष में हैं! साधारण लोगों के पास कुछ भी कहने या करने की शक्ति नहीं है! तो रात के आठ-नौ बजे खाना-पीना सब फाटकों पर चाबियां लेकर सो जाते हैं...!

एकमात्र अपवाद समरेश है - इसलिए जब सब सो रहे हैं - तो समरेश उसकी साध की छोटी मेज है - एक कलम के स्ट्रोक से ड्राइंग ... बहती जीवनी। आज भी वह कोई अपवाद नहीं है!

लेकिन ऐसा कब तक चलेगा? मुझे लगता है कि मेरा आत्म-संदेह पैदा हो गया है - पिछले कुछ महीनों में, कई स्थानीय ग्रामीण पैतृक भूमि से भाग गए हैं! पलायन का अर्थ है भागने के लिए विवश होना - वरना जिंदगी से टेंशन! जेल

की चक्की नहीं तो!

लेकिन पहले ऐसा नहीं था लेकिन यह "रूपांतरण" क्यों? लगभग दो दशक पहले एक दिन में गांव के लोगों ने अनजाने में ही बीज बो दिए थे! उसका गवाह है खुद समरेश!

आज से करीब दो दशक पहले, बीसवीं सदी की शुरुआत में... साल 2000- या 2001...

गांव का नाम भगवान पुर है - और मूल रूप से भगवान पुर मौजा के चारों ओर एक विशाल "औद्योगिक पार्क" बनाया गया है, यही कारण है कि भारत अब एशिया प्रसिद्ध है!

इस कहानी का मुख्य आधार भगवानपुर की जीवनी है...जिसके सामाजि
क-राजनीतिक परिवार-भौगोलिक-प्राकृतिक-सर्वोपरि-मानवीय संबंध कदम दर कदम। एक वास्तविक दस्तावेज़ "" परिवर्तित कर दिया गया है!

वैधानिक चेतावनी

उपन्यास "परिवर्तन" वयस्कों के लिए है।

कभी सस्पेंस, कभी डर तो कभी आग्नेयास्त्रों का इस्तेमाल कहानी में अलग-अलग प्लॉट बनाने के लिए!

धूम्रपान-शराब-नशीली दवाओं के उपयोग का मुद्दा फिर से उठाया गया है लेकिन "शराब-धूम्रपान या किसी भी दवा का उपयोग स्वास्थ्य के लिए हानिकारक है"!

और अगर इस कहानी के अंतरिक्ष-समय-पात्र-घटनाएं और सभी पात्र काल्पनिक हैं-वास्तविकता से मेल खाते हैं, तो यह पूरी तरह से अनजाने और संयोग है! एक लेखक किसी भी तरह से जिम्मेदार नहीं है...

पहला खंड ग्यारहवें अध्याय के बाद दूसरा खंड है...

अध्याय बारह

हमें यहां रुकने की जरूरत नहीं है - हम और अधिक चाहते हैं हम और अधिक जमीन चाहते हैं - हम और अधिक दलाल चाहते हैं - हम और अधिक लोग चाहते हैं हमें जितनी जल्दी हो सके जमीनों को लेना होगा, फिर लाभ हैं ...

पार्टी के कुछ पुराने वफादारों को कार्यालय में बुलाते हुए, सातवें ने उन्हें ऐसे और ऐसे गायक - ऐसे और ऐसे मंडली - ऐसे और ऐसे रोब, चाचा - को अपनी जमीन बेचने के लिए कहा - अगर आप कहते हैं कि वे सुनेंगे ...

जमीन बिक गई तो आपके मुनाफे का कुछ हिस्सा आपके घर पहुंच जाएगा!

यह एक बूढ़ा आदमी है चूंकि हाथ में कोई काम नहीं है, इसलिए जीविकोपार्जन का कोई तरीका नहीं है! इसके अलावा पांच-सात साल पहले उसने खेती की जमीन सातवें दूल्हे को एक लाख रुपये प्रति बीघा में बेच दी थी। ऐसा व्यक्ति - सोचा कि यह बुरा है, ऐसा और ऐसा मंडल - यदि आप ऐसे दूल्हे के

बारे में थोड़ा सा बताते हैं, तो यह जमीन बेचने के बारे में है। इसमें क्या हर्ज है?

हाथ में आ जाए तो दो-पांच सौ रुपए! आइए देखें कि उनके साथ कितना बैठना है!

हाँ अगर दवा काम करती है - यानि ज़मीन बिक जाती है तो इन लोगों को बुलाकर पहले पाँच दस हज़ार में सुपुर्द कर दिया जाता है! बूढ़े आदमी के पास करने के लिए कोई काम नहीं है - इसलिए वह पैसा पाकर बहुत खुश होता है और बगल से भागना शुरू कर देता है, यानी अगले गाँव तक -

उसकी जमीन का निशान उसकी जमीन का खाता नंबर है - वह लेने के लिए नीचे जाता है कुछ पत्तियाँ और उसकी कमर बाँध लेता है... वो सारे कागज़ पत्ते इकट्ठा करके सातवें दूल्हे को दे देते हैं! कभी-कभी उसे कुछ पैसे मिलते हैं!

हालांकि समाज की नजर में वो बूढ़े दलाल बन गए! लेकिन उन्हें दलाल नहीं कहा जाता है - उन्हें बहुत कम वेतन वाला नौकर कहा जा सकता है!

जो लोग अपने शारीरिक श्रम को दिहाड़ी मजदूरी या मजदूरी के बराबर मानते हैं - यानी एक दिन एक जमीन पर वापस

जाने का मतलब है पांच सौ दस दिन का मतलब पांच हजार ... वे खुश हैं ... नए साल में करोड़पति बन रहे हैं नेपो, खबर नहीं रखते- नहीं रखना चाहते!

जिंजरब्रेड - एक जहाज की तलाश का क्या मतलब है?

ऐसे ही एक व्यक्ति थे 60-65 आयु वर्ग के नवकुमार मखल। लड़कियों की शादी हो चुकी थी। तीन भाइयों के नाम पर! नबकुमार बाबू पैदल चलते हैं भगवानपुर या आसपास के गांव में एक के बाद एक दिन रात लोग लोगों के घरों के चक्कर लगाते हैं, दस्तावेज इकट्ठा करते हैं, पर्चे सौंपते हैं, आदि सातवें को देते हैं। बेनी माई को कभी-कभी दलाली के लिए कुछ पैसे मिलते हैं। अग्रिम धन को बाहर रखा जाता है!

बहुत दिनों से ऐसा ही चल रहा था - बेटे को भी अपने बाप के काम और कितना पैसा कमाया, इसकी ज्यादा परवाह नहीं थी! यह उसके लिए अपने चिकित्सा खर्च के लिए भुगतान करने के लिए पर्याप्त है ...

लेकिन एक दिन, छोटे चाचा, नवकुमार बाबू का छोटा भाई, लड़के के पास आया और कहा कि हमने पंद्रह कथा बेची है - कल एक रजिस्ट्री होगी ... क्या तुम्हारे पिता ने तुमसे कुछ कहा?

लड़के के सर पर गिरा आसमान - क्योंकि ओइतुकुई बाप की जायदाद है और तुकू ए संबल असली जायदाद - क्या वो भी खो गया! लड़के ने फौरन बाप से पूछा- बाप ने नहीं कहा मैं नहीं बिका!

तो कैसे बिका?

नवकुमार बाबू के पुत्र हरिदास का मित्र समरेश बिना देर किए समरेश के पास दौड़ता हुआ आया।

सारी बात सुनने के बाद समरेश ने कहा चलो सातवें दरवाजे पर चलते हैं- देखते हैं क्या कहते हैं?

जब नवकुमार बाबू हरिदास और समरेश सातवें दूल्हे के घर आए, तो सातवें स्नान के बाद, वे ठाकुर को धूप, धूप और पानी देने में व्यस्त थे।

उसने उन्हें इशारा किया और कार्यालय में बैठने के लिए कहा। क्या बात है?

यानी हरिदास ने शुरू किया अपनी जमीन के बारे में संक्षेप में सुनने के बाद, सातवें दूल्हे ने अनायास कहा, "हां, आपने सही सुना। जब आपके चाचा तालाब के चारों ओर खुदाई कर रहे थे, तो उन्होंने पैसे ले लिए।" तीनों भाइयों ने एक अनुबंध पर

हस्ताक्षर किए हैं।

तुम अखबार निकालो और कहो कि यह उसका अखबार है, तुम्हें पढ़ना नहीं आता, लेकिन उसके साथ समरेश है- समरेश को नहीं देखते?

समरेश ने अपने हाथ में कागज का डिब्बा लिया और एक बार हिलाया और देखा कि यह सच है कि भूमि के विलेख में तीन उंगलियों के निशान, बकल पर तीन हस्ताक्षर और असली दलाल के तीन गवाह और हस्ताक्षर के तहत छह महीने पहले की तारीख है!

हरिदास ने अपने पिता से धमकी भरे स्वर में कहा, "आप कहते हैं कि आपने इसे नहीं बेचा, लेकिन यह कागज क्यों?"
बुज़ुर्ग युवक बाबू ने शरमा कर बुदबुदाया और कहा- मुझे ठीक-ठीक पता नहीं है- मैंने कब सुझाव दिया- बेच दिया-पैसा ले लिया- मुझे याद नहीं!

बी: बी: अंकल - मुझे अभी सभी चमत्कार याद नहीं हैं, है ना? तुम्हें पता है, मैं ठाकुर को तीन घंटे तक खाने नहीं देता - शाम को बिना खाए पानी को छूता नहीं हूँ! और मैं अब तुम्हें धोखा दे रहा हूँ?

ध्यान से सोचो - जब तुम्हारे छोटे भाई मेजो भाई ने पचास हजार रुपये लिए थे - तुमने कहा था कि मुझे अभी पैसे की जरूरत नहीं है, मैं इसे बाद में लूंगा - याद है अगर तुमने हाथ के खर्च के लिए सिर्फ पांच सौ रुपये लिए हैं?

समरेश ने एक बात कही, सातवें दा ठाकुर रामप्रसाद की पूजा करते हैं और लुटेरे भी चोरी करने से पहले मां काली की पूजा करते हैं - क्या दो पूजा एक हैं?

मैंने क्या कहा इतनी बड़ी चुनौती? आपका मतलब है, जैसे, नमकीन और उनके जैसे, एह? ठीक है ... मेजो अंकल, छोटे चाचा आए हैं, उनसे पूछो!

लोगों के माध्यम से खबर पाकर नब कुमार बाबू का छोटा भाई - मेजो का भाई सातवें के घर आया - उन्होंने भी सातवें की आवाज में कहा - यह सही नहीं है - हरिदास - हमने जमीन बेचने के लिए समझौते पर हस्ताक्षर किए हैं तीन भाई। तुम अच्छा नहीं कर रहे हो!

हरिदास ने अपने छोटे चाचा से कहा, "ठीक है, मेरे चाचा इतने बूढ़े हैं कि जमीन बेचने से पहले मेरी बात सुन लेते हैं - क्या मैं अभी भी जवान हूं या नहीं?"

आपको कैसे पता चलेगा कि आपके पिता एक दलाल हैं - हमें कैसे पता चलेगा कि किसी व्यक्ति का उसके साथ अनुबंध है? और तुम तीनों भाइयों ने मिलकर करार पर दस्तखत नहीं किए- अलग से दिया?

हमने दो भाइयों को एक साथ दिया, यह तुम्हारे पिता से पहले किया गया था ...

पानी की तरह साफ हो गई समरेश के सामने तस्वीर, क्या है असली घटना...

समरेश ने कहा, "अच्छा, अब क्या किया जा सकता है?" तुम मुझे बताओ क्या करना है - जब तुम साथ आओ ...

हरिदास ने एक शब्द में कहा मुझे अब कार की कीमत चाहिए तो पिता रजिस्ट्री के कागज पर दस्तखत करेंगे।
यानी छह महीने पहले दो लाख रुपये काटे गए थे, अब तीन लाख रुपये देने होंगे, है ना? ठीक है तो अब कम समय होगा - तैयार हो जाओ ... रजिस्ट्री कार्यालय में जाओ - मैं शाम को सारे पैसे चुका दूंगा।

अगली सुबह हरिदास फिर से समरेश के घर आया। समरेश ने कहा, "क्या तुम सारे पैसे समझ गए?" हरिदास रोया-

हा हा क्या हुआ - क्यों रो रहे हो - बताओ क्या हुआ ?

क्या मैं आपको बता दूं कि जब मैं शाम को सातवें घर के घर पैसे मांगने गया था - मेरे चाचा भी थे - उन्होंने कहा कि आपके पीसी और दादा-दादी का भी उस संपत्ति पर अधिकार है, इसलिए उन्हें भी साझा करना होगा ? मैंने आपके पीसी को कल शाम आने के लिए कहा था घर बैठे फिर पैसा होगा बखरा-बाटा... तो अब सारा पैसा सातवें बाबू के पास ही रहने दो हम यही कहने आए हैं।

यह सुनकर समरेश ने कहा, "कितनी गहरी साजिश है।" पंद्रह कट संपत्ति छह भागों में विभाजित है, जिसका अर्थ है ढाई कथा अगर तीन लाख कथा साढ़े सात लाख टैटो?

छह महीने पहले पानी में रहने वाले मगरमच्छ से उसके मन में कोई विवाद न हो तो पांच कट का मतलब दो लाख लेकिन दस लाख, लेकिन अब वे भाग्य में शामिल होने जा रहे हैं - साढ़े सात लाख - यानी ढाई लाख का नुकसान - विरोध करने के लिए?

खैर, आपकी दादी या पीसी रजिस्ट्री कार्यालय में आ गईं, क्या वे भी दस्तावेजों पर हस्ताक्षर कर रहे हैं? कोई नहीं आया, केवल पिता और चाचा ने हस्ताक्षर किए।

तो उन्हें हिस्सा कैसे मिलेगा? मुझे यह भी समझ नहीं आ रहा है...

समरेश ने निराशा के स्वर में कहा ठीक है - पीसी आज आएंगे - जब सेटलमेंट होगा तो निश्चित रूप से कुछ और लोग होंगे?

लोगों को बताएं कि जिन्होंने दस्तावेजों पर हस्ताक्षर नहीं किए लेकिन बिक्री के बाद उन्हें हिस्सा मिलेगा? उसके बाद क्या होता है, आप जानते हैं!

सातवें दूल्हे और पार्टी के कुछ नेताओं की उपस्थिति में चाचा के घर बैठक में हरिदास की टिप्पणी पर ध्यान नहीं गया - दो पीसी और ठाकुर की मां ने एक साथ कहा कि उन्हें नहीं पता था कि वे बेचे गए थे इसलिए हस्ताक्षर नहीं किया। लेकिन अब जब मुझे पता चल गया है, तो हमें साझा करना होगा!

उपस्थित सभी नेताओं ने कहा कि चूंकि हरिदास के दादाजी बच गए, उनके दो पीसी और उनकी दादी सूचना न देने का मतलब किसी तरह - बेईमानी की गई है! इसके अलावा, यह कानून के खिलाफ भी है ... इसलिए बुद्धिमानी होगी कि वह जो भी पैसा चाहता है उससे छुटकारा पाएं!

नहीं तो कानूनी कार्रवाई की गई तो कानूनी रूप से फंस सकते

हैं उसके पिता-चाचा!

मेरे पास जाने के लिए और कुछ नहीं है और करने के लिए कुछ नहीं है ...

यह करने के लिए सभ्य बात है, और इसे वहीं समाप्त होना चाहिए।

बाद में हरिदास ने समरेश को बताया कि उसने अपनी दादी और दो पीसी को एक लाख रुपये दिए हैं। इसलिए हरिदास का हिस्सा उन्हें पिछली कीमत पर दिया गया, यानी दो लाख प्रति कट, कुल दस लाख। तीन से एक लाख और बाकी हरिदास को सात लाख।

इस घटना के विवरण से आपके सामने जो तस्वीर है वह साफ है।

समरेश ने शब्दों को समझा - लेकिन सभी लोग स्वार्थी नहीं होते - सभी लोग लालची नहीं होते और कुछ लोग अभी भी विरोध करते हैं -

और समाज जीवित रहता है क्योंकि विरोध होता है!

अध्याय तेरहवां

सातवां दूल्हा दलाल चक्र से घिरा हुआ है - जैसे मधुमक्खियां छत्ते को घेर लेती हैं ... मौचक जैसे दलालों का भी छोटा-बड़ा-मध्यम छोटा होता है और उनका कमीशन भी अलग होता है...

प्रत्येक मधुमक्खी मधुमक्खी की तरह होती है - एक रानी मधुमक्खी - अगले चरण में कुछ नर मधुमक्खियां और फिर हजारों श्रमिक मधुमक्खियां।

रानी मधुमक्खी अपने साथ नर मधुमक्खी के साथ घर में रहती है - और कार्यकर्ता मधुमक्खी घोंसला बनाती है और उसी तरह शहद इकट्ठा करती है - सातवीं मधुमक्खी घर में बैठती है - फिर स्टेपी जॉन के लोग उसके साथ जाते हैं - और छोटा - उम्मीद से ज्यादा दलाल जमीन बेचने वाले खरीदेंगे जमीन खरीददार - लोग घर-घर जाकर तमाम कागजी कार्रवाई उन्हें पहुँचाता है! कमीशन का हिस्सा बहुत कम है... इसे ब्रोकरेज चक्र कहा जाता है यह एक बड़ा उद्योग बन गया है!

इतने सारे दलाल इधर-उधर बिखर गए? तो क्या आपको लगता है कि ब्रोकर बनना बहुत आसान है, आप ब्रोकर भी हो सकते हैं? तो यह इतना दलाल है ये कौन हैं? उनके मानदंड या योग्यता क्या हैं?

आइए उस कहानी पर आते हैं।

वे ग्रीन पार्टी के सबसे समर्पित कार्यकर्ता हैं - सदस्य या मतदाता - और एक मानदंड है कि सातवां दूल्हा वफादार होना चाहता है - वह भगवान की आंखों में दिखना चाहता है - उसके शब्दों और कर्मों में कोई विरोध या शिकायत - आपत्ति नायब नायब चा...

और एक और कसौटी यह है कि इनमें से ज्यादातर लोग कई संपत्तियों के पूर्व मालिक हैं, जिनमें से अधिकांश कुछ साल पहले एक लाख या तीन लाख रुपये प्रति बीघा की कीमत पर बेचे गए थे।

और वह पैसा लगभग खत्म हो गया है - किसी ने जमीन या घर थोड़ा और मौजा में खरीदा है - अब परिवार ने गुजरात के इशारे पर दलाली का सहारा लिया है - और उन्हें रोटी के उन दो रोटियों के लिए बाद वाले पर निर्भर रहना पड़ता है - लोगों के पास जीविका के लिए पहुंचना - और दलालों की बदनामी

सुनना।

कुछ लोगों के पास इस समय इतनी संपत्ति थी, अगर इसे पारदर्शी तरीके से बेचा जाता, तो यह कहा जा सकता था कि उनके पास करोड़ों रुपये हो सकते थे।

दरअसल, सातवें दूल्हे के साथ संबंध जितने करीब होते हैं, उसका उतना फायदा नहीं होता, बल्कि उसे काफी नुकसान होता है...

उसके रिश्तेदार, दोस्त और पार्टी कार्यकर्ता किसी न किसी तरह उस नुकसान के शिकार होते हैं। लेकिन क्या हुआ अगर - उस नुकसान के बारे में किसी ने कभी गहराई से नहीं सोचा - जब गलती टूट गई तो माथे पर थप्पड़ मारने के अलावा कोई गति नहीं होगी। इसलिए वे अभी भी उसे घेर लेते हैं और उसे गले लगाते हैं - एक तोते की तरह।

तो क्या इस उपन्यास का नायक समरेश आज दलाल बन गया है? या आप इस चक्र से दूर हो गए हैं?

चलो सीधे समरेश के पास चलते हैं...

मैं आपको पहले ही बता चुका हूं कि मेरे चचेरे भाई के दामाद अपने बच्चों को मामा बुलाने के लिए अनभिज्ञ हैं - एक सुबह

मैं आपातकालीन कक्ष में बैठा था - सातवां बेटा बिकाश मेरे घर आया और कहा -

मामा बापी ने एक बार तुमसे कहा था कि हमारे घर चलो।
मैंने कहा था कि तुम वही हो जो मैं करने जा रहा हूँ - मैंने सोचा था कि मैं कुछ काम करवा दूँगा और कभी-कभी सातवें दरवाजे को देखने नहीं जाऊँगा - क्या एक तत्काल आवश्यकता है! सात-पाँच बजे मैं सीधा घर चला गया...
मुझे देखकर सातवें दा ने कहा, "आपके लिए बहुत अच्छी खबर है। मैं समरेश कार्यालय आ रहा हूं।"

बिकाश, माँ को चाय पिलाने के लिए माँ से कहो...
मैं रोज़ की तरह ऑफ़िस में बैठ कर चाय पी - फिर सातवाँ दा आया और बोला क्या तुम्हें वो मौसी याद है ? तभी हम सब लड़ाई की छत पर थे!

हाँ अल जो मुझे बहुत बकवास लगता है, ऐसा लगता है कि बीटी मेरे लिए भी नहीं है।

नहीं, उन्हें कुछ नहीं हुआ, लेकिन क्या आप जानते हैं कि सड़क का मतलब है कि मैं जमीन पर उनके घर जाता था - क्या ऐसा हुआ कि जमीन बहुत जल्द बिक जाएगी - इसलिए आप काकीमा के घर जाएं और उन्हें बताएं कि क्या वे जमीन

खरीदना चाहते हैं या नहीं लेकिन ज्यादा नहीं - आपको इतना कहने की जरूरत नहीं है। आप बस आंटी से आज कभी-कभार मिलने के लिए कहें-

और अगर सेल में छूट है तो कुछ पैसे मिलेंगे ₹ अगर हो सके तो आज ही जाइये भाई देर मत करो! आंटी ने हमारा बहुत खतरा देखा है - उन्होंने हमें आश्रय दिया, इसलिए उन्हें अपनी नाक बताने की जरूरत महसूस हुई - अगले आठ में इतनी अच्छी जमीन बिना हाथों के नहीं मिल सकती - चाची आपसे ज्यादा परिचित हैं, इसलिए मैंने कहा तुम!

सचमुच, उसे पूरे दिन आसानी से भुलाया नहीं जाता! खतरे के दिन आंटी ने सचमुच हमारी बहुत मदद की!

पिछले कुछ वर्षों में जब लाल और हरे दलों के बीच दंगा हुआ, तो पुलिस की हिंसा के कारण कोई पुरुष नहीं था। मैंने कुछ रातें खेतों में बिताईं, लेकिन अचानक बारिश आई और खेत उन लोगों से भरे हुए थे जो आश्रय नहीं मिला।

फिर मुझे मिल के बगल में गाँव के अंत में एक सुनसान खाली घर की बड़ी छत मिली ... हालाँकि यह इस्लाम परिवार की है ...

एक मूर्तिपूजक व्यक्ति एक मूर्तिपूजक का रिश्तेदार कैसे बन

गया? यदि आप खेद का संक्षिप्त विवरण नहीं देते हैं!

मैं पहले ही कह चुका हूं कि मेरे ससुर का घर गांव में है और एक बहु का नाम शंपा काकीमा की बेटी का नाम अलीसा है. इसी दोस्ती की वजह से एलिसा और उनके परिवार के अन्य सदस्य भी पूजा के दौरान एलिसा के साथ हैं। मेरा चचेरा भाई मेरे ससुर के घर आया करता था और वहाँ से मेरी मौसी और उसकी बेटी अलीसा से मेरा कोई परिचय नहीं था!

चिंतित नव-हिप्पी और उनकी ग्लोबल वार्मिंग, मैं आपको बताता हूँ।

पुलिस के पिता कर सकते हैं यहां आने का कोई रास्ता नहीं है... काकीमा ने हमारे गांव की लाल गंदगी वाली सड़क से घर देखा लेकिन पानी को कीचड़ से निकलने में करीब बीस मिनट लगेंगे - खेत को पार करने में...

एक दोस्त के दादा के बारे में दामाद पहले दिन बिना कुछ खाए बाहर नहीं निकला, चाय के बिस्कुट के साथ कुछ हल्का नाश्ता- हम कहते रहे कि हम खाने-पीने आए हैं- लेकिन एक कहावत है कि अतिथि देंगे... तो मैं नहीं दे सका - मेहमानों को सेवा और सेवा का अवसर देना है, यही धर्म है...

गलीचा पाने का एकमात्र तरीका छत पर सोना है।

लगभग 15 दिन बाद मुझे सोने के लिए यह समतल जगह मिली - उन्हें छत पर लेटे आसमान में देखकर अच्छा लगा - थोड़ा सुरक्षित महसूस हुआ और थोड़ी देर बाद मैं सो गया।

मैंने अगले दिन अपनी मौसी से कहा कि अगर आप यहां पार्टी का कोई नेतृत्व लाते हैं, तो क्या आपको कोई समस्या है?

आंटी ने कहा तुम खतरे में हो, मुझे खुली जगह की दिक्कत है... आंटी की बातें सुनकर मुझे लगा कि जगह सुरक्षित है. मैं वहाँ रात बिताता और भोर से पहले उठता क्योंकि उनके गाँव के लोग इसे देखते तो आपत्ति करते ...

इसके अलावा, मैंने काकीमा से सुना है कि रेड पार्टी के कार्यकर्ताओं की अशांति के कारण रेड पार्टी के कार्यकर्ताओं को इस एकांत जगह में अपना घर बनाने के लिए मजबूर किया गया है।

विपक्षी दलों और काफिरों को उनके आने पर आपत्ति हो सकती है या उन्हें प्रताड़ित किया जा सकता है!

उस समय रेड पार्टी का राज चल रहा था और अधिकांश इस्लाम परिवार रेड पार्टी के समर्थक थे। दिनों तक यही चलता रहा।

अध्याय चौदह

एक दिन अचानक मैंने अलीशा को छत के एक छोर पर हाथ रखे हुए देखा और कहा, "एक बार दुलाभाई के पास आओ...

मैं सोच रहा था कि क्या करूँ जब मैं चौंक गया - उपस्थित सभी ने कहा कि तुम क्यों बुला रहे हो - देखो मत वे क्या कह रहे हैं - मुझे अलीशा के पास जाने के लिए मजबूर किया गया और मूर्ख की तरह पूछा - क्या आप मुझे बुला रहे हैं?

समझें कि आपके बिना यहां कितने दुलाभाई हैं?
हाँ मैं आपको कॉल कर रहा हूँ मैंने कहा बताओ तुमने क्या कहा?

पहले आँखे समझो - मैंने ऐसा किया होगा - अलीशा ने मेरे हाथ में एक छोटा सा आवरण पकड़ा और कहा अब अपनी आँखें खोलो - मैंने अपनी आँखें खोली और एक चॉकलेट देखी - मैंने आश्चर्य से पूछा अचानक चॉकलेट क्यों?

वह धीरे से मुस्कुराया और कहा कि यह मेरी इच्छा है इसलिए मैं इसे आपके लिए लाया हूँ!

काफी है, लेकिन पढ़ाई कैसी है?

इतना खराब भी नहीं ...

आप सुंदर कविताएँ लिखते हैं - आप अच्छी तरह से आकर्षित करते हैं और आप माइक से बहुत अच्छी तरह बात कर सकते हैं! मैंने आपकी कविताओं की किताब पढ़ी...

आपकी काली पूजा के दिन मैंने आपके मुंह में अच्छे शब्द सुने ... मे तुम्हे बहुत पसद करता हु! लेकिन मैंने अभी तक आपका चित्र नहीं देखा है - क्या आप मुझे दिखाएंगे?

मैं तुम्हें क्यों नहीं दिखाता कि एक दिन तुम हमारे घर संपर के साथ आओगे!

हाँ अल जो मुझे बहुत बकवास लगता है, ऐसा लगता है कि बीटी मेरे लिए भी नहीं है। इतना कह कर अलीशा उस दिन जल्दी से चली गयी !

सच कहूं तो मुझे भी वो दिन बहुत अच्छा लगा - अनजान जगह पर - अनजान जगह पर मुग्ध व्यक्ति मिल गया -

अलीशा एक युवा युवा हिरण की तरह है - जब आप उसे देखते हैं तो प्यार की कलियाँ खिल जाती हैं - आँखें - चेहरा - एक पूरे बदन पर मोह का अजीब आवरण..!

अशर का ढलता चाँद उसके चेहरे पर छा गया है, उसकी आँखों में टिमटिमाता तारा मुस्कुरा रहा है! मुझे आज भी याद है।

एक दिन अचानक मेरी नींद खुली तो एक परछाई नज़र आई. मैं थोड़ा सा हिला और साया अटारी के गेट पर जाकर सीढ़ियों से नीचे चला गया... मैंने सब कुछ समझ कर भी किसी से कुछ नहीं कहा! शायद वो आ गया. शायद परछाई ने मुझे जगाने की हिम्मत नहीं की!

शालिका दुलाभाई पाटानो का रिश्ता - तो कभी अलीशा आ जाती है - गप्पें मारती... काकीमा भी कभी-कभी हमारे कमरे में शामिल हो जाती है - एक घर की तलाश में ...

पिछले शनिवार की रात पुलिस के दंगे के कारण मुझे अच्छी नींद नहीं आई, इसलिए मैंने दोपहर को खाया और पिया और दोपहर 12 बजे आ गया - उस दिन अलीशा उनके घर पर थी। जमी है कहानी दुलाभाई शालिका का रिश्ता है कुछ रसों का...
अच्छा, आप अपनी बहन को कैसे छोड़ते हैं?

उसकी आँखों को मुँह की भाषा समझने में कठिनाई नहीं हुई - उसका क्या मतलब था मैंने यह भी कहा कि तुम्हारी बहन गर्भवती है तो उन सब कामों को करने में कोई बुराई नहीं है - तो मैं ठीक हूँ, कसम खाता हूँ!

कितने दिन?

यह छह या सात महीने का होगा। तो छह-सात महीने आप तैतो उपसी?

क्या आप मुझे पसंद करते ह?

क्यों नहीं?

मुझे पता है कि लेकिन मैं थोड़ा हूँ मेरा मतलब नौ तरीकों से है।

मेरे पास उम्र और बुद्धि दोनों है उसकी बातों के संकेत को समझने के लिए - लेकिन मैं समझता हूँ कि क्या कहूँ - नहीं, मेरा मतलब है हाँ...

वह समझता है कि आप डरते हैं - अगर कुछ बुरा होता है तो आप सदिसुदा उस पर काफिर हैं - तो आप मुझसे बचते हैं, है ना? यदि आप कहते हैं कि आप इसे पसंद करते हैं और

अचानक आपको गले लगाते हैं और आपको दो चुंबन देते हैं - क्या आप इतने डरे हुए हैं?

हाँ.आप सही हैं!

लेकिन मैं हमेशा से देखना चाहता था कि इस चंद दिनों की बातों में मैंने तुम्हें कैसे अपना बना लिया - इसलिए मैं आधी रात को छत पर चढ़ गया तुम्हें देखने के लिए ...

हारना अच्छा नहीं...

अगर आप हर समय करंट में तैरते रहते हैं, तो यह काम नहीं करेगा... कभी-कभी आपको अपस्ट्रीम में जाकर पढ़ना पड़ता है - स्थिति के आधार पर लगाम खींचने में बहुत समय लगता है - अगर आपका मनपसंद खाना आपके मुंह के पास भी आ जाए तो भी मुंह में किताब गढ़नी पड़ती है...

यही नियम है!

लेकिन सच कहूं तो मैं भी इन दिनों अलीशा को पसंद करती हूं! छिपा हुआ - मानव मन के घर छोड़ने के विचार के कारण मन खराब मूड में है - मानव मन की हीन भावना के बीच ऐसे ताजा यौवन - उन्नत स्तन - सांप की तरह लहराते हुए तन - खून में कोई भी आदमी पल भर में बान को बुला सकता है - मैं उसे देखना चाहता था और उससे बात करना चाहता था -

इसलिए मैं हर शाम उसका इंतजार कर रहा था - वह कब आएगा! जिस दिन वह आएगा, बहुत अच्छा होगा, जिस दिन वह नहीं आएगा, मन मर जाएगा!

इस अत्यधिक खतरे के दिन, मैंने उनके घर में शरण मांगी - काफिर - सभी कारणों से उसने उससे शादी की - मन की कमजोरी को छिपाने की कोशिश कर रहा था!

अलीशा, हालांकि, एक जिद्दी आदमी थी, लापरवाही और लापरवाही से - विभिन्न चीजों की पेशकश - उसके चेहरे और शरीर को यौन रूप से उजागर करना - लेकिन कभी भी शालीनता के स्तर को पार नहीं किया। अब मुझे लगता है कि गरम पैन में घी तरल नहीं हुआ - यह एक बड़ा आश्चर्य है।

प्रकृति ने भी हमारी मदद की - रात का अंधेरा - चारों ओर झाड़ियाँ - किनारे - बड़े पेड़ों का बगीचा - छाया के पीछे सीढ़ियाँ अपने बिस्तर के कमरे में जाने के लिए - या बड़े पेड़ों की छाया में आसानी से जा सकती थीं एक मन और शरीर में एक साथ मिश्रण!

वास्तव में शरीर न भी पिघले तो चिलोनिवृत में एकांत में दोनों का मन पानी की तरह पिघल जाता है।

काश वो मिले होते वे दोनों - गुप्त रूप से - शायद दो गर्म शरीर एक पल के लिए शांत हो जाएंगे, शायद अस्थायी उत्तेजना कुछ खुशी लाएगी।

लेकिन इसके विपरीत कई दुर्भाग्यपूर्ण चीजें हो सकती थीं।
पर अपने पहले प्यार की कली में थोड़ा सा पानी, थोड़ी सी खाद नहीं दे पाई? खिलना?

क्या उसकी नन्ही सी सनक संतुष्ट नहीं हो सकती थी या उसकी छोटी सी इच्छा एक बार चुंबन या आलिंगन नहीं कर सकती थी! या यह नहीं कहा जा सकता है कि अगर तुम मेरी आजीवन प्रेमिका हो, तो तुम्हें हाथ नहीं उठाना चाहिए?

अलीशा भले ही बड़ी उम्मीदों के साथ आई हो - मैं पहला आदमी हो सकता हूं जिससे वह प्यार करती है।

शारीरिक संभोग के बिना प्यार क्या नहीं है?

निश्चय ही प्रकृति इसका सबसे बड़ा उदाहरण है - सूरजमुखी की तरह आजीवन वह सूर्य को देखता है - रात के अंधेरे में गंधराज चांदनी में खिलता है।

अगर समरेश और अलीशा के प्यार की कलियाँ इस तरह

विकसित होतीं, तो क्या अगले जन्म में उनकी खुशबू महसूस की जा सकती थी?

अध्याय पंद्रह

क्या होगा यदि आश्रय और आश्रय के बीच संबंध अच्छा है? यह इस तरह नहीं चल सकता - इसे आगे नहीं बढ़ने दिया जा सकता - कितनी लोमड़ियाँ, कितने लकड़बग्घा घात लगाकर बैठे हैं।

एक दिन उस दोपहर से बूंदाबांदी होने लगी - प्रकृति माँ आज हमसे नाराज़ है।

शाम को जैसे ही हमने बेगाटिक को देखा, हमने रात के खाने के लिए अपने टिफिन बॉक्स भर दिए - छतरियों और फ्लैशलाइट के साथ, हमने मिट्टी तोड़ दी और मैदान पार कर काकीमा के घर आ गए ...

सामने का दरवाज़ा बंद था। मैं हमेशा की तरह चिल्लाया। चाची, माँ, हम आ गए। दरवाजा खोलो ...

जैसे ही मैंने दरवाज़ा खोला तो मेरी बुआ ने ज़ोर से रोते हुए कहा, "पापा, यहाँ से निकल जाओ - मैं लाचार हूँ - मैं तुम्हें रहने

नहीं दे सकता..."

मैं सोचता हूं मैंने उससे पूछा कि वह क्यों रो रही है।

सुबह हमारे घर गांव के लोग आए, उन्होंने कहा कि विपक्षी दल इस पर काफिरों को किसी भी तरह से आश्रय नहीं दे सकता.

मैं सचमुच लाचार हूँ पिताजी, तुम्हारे दादा-दादी काम के सिलसिले में दूसरे राज्य में रहते हैं - मैं तुम्हारी दो बहनों एक भाई के साथ रहता हूँ पिताजी, उठो मत! अगर तुम यहाँ से निकल सकते हो, तो मैं तुम्हें कुछ चटाइयाँ दूंगा। किनारे पर अपना बिस्तर बनाओ, पिताजी।"

वे आज सचमुच लाचार हैं, वे अतिशयोक्ति या झूठ नहीं बोल रहे हैं... क्या हुआ कुछ समझने वाला कोई नहीं बचा!

कुछ दिनों की यात्रा के बाद, हम कुछ रेड पार्टी मातबारों में आए, जिनमें से एक अनवर मोल्ला प्रधान था। एक दोपहर जब मैं दूसरी चाची के घर जा रहा था, तो हमें अनवर से मिलने के लिए कहा गया - तुम अलीश के घर कहाँ जा रहे हो? तुम वहाँ रात में रुकते हो, तुम वहाँ नहीं घूमते थे?

हम एक शब्द कहे बिना चले गए - हमें समस्या की जड़ समझ में नहीं आई ... क्या करें? आवश्यक रूप से, मैं उसी तरह गाँव वापस आ गया।मैंने गाँव से कुछ ट्रिपल पॉलीथिन बांस के डंडे एकत्र किए और उन्हें ले गया -

मैंने कुछ दिनों के लिए किनारे के किनारे एक तंबू गाड़ दिया! आंटी कुछ रात का खाना या चाय भेजने की कोशिश करतीं।

फिर घर में मुसीबत थम गई- पर मौसी का पारिवारिक रिश्ता हमारे साथ रहा- परिवार दो-तीन बार पूजा-पर्व में आया- मेरा घर!

फिलहाल जब मैं आब्दी को सड़क पर देखता हूं तो मेरी मौसी मुझसे बात करती हैं और घर पर मेरे बेटे-बेटी की खबर लेती हैं।

शायद अब वह दो या दस बच्चों की माँ है शरीर कोमल टहनियाँ बन गया है जो दुनिया का बोझ खींच रहा है शायद बड़े घर की बेगम चकर-बकर हैं, उनमें से दो या चार समय-समय पर आदेश जारी करते हैं - बहुत मोटी औरत!

जब ऐसे किसी रिश्तेदार को कुछ लाभ होगा, जब काकीमा के घर के बगल में जमीन बेची जाती है, तो कीमत बहुत अधिक

नहीं होती है। घर पहुँचकर, वह सबसे पहले जिस व्यक्ति से मिली, वह थी अलीशा।

फिर उसने घर पर बैठकर चाय-पानी का शरबत और तरह-तरह के सूखे भोजन दिए... फिर आंटी ने कहा सब ठीक है पापा? यदि यह एक अनुचित समय पर आता, तो मैं इसका ध्यान रख सकता था यदि मैंने खबर दी होती - मेरा मतलब है कुछ पकाना खा सकता था -

मैं बुदबुदाया और कहा नहीं, चाची और हर चीज की जरूरत नहीं है! मुझे थोड़ा चाहिए-

तुम मुझे क्यों नहीं बताते, पिताजी? तुम क्यों झिझक रहे हो? क्या आप हमें बुरा चाहते हैं नहीं,

तुम्हारे सामने की जमीनें बिकेंगी, इसलिए सातवें द ने कहा कि एक बार तुमसे मिलो-तो मैं आ गया।
काकाबाबू उस दिन घर पर थे।

काकीमा ने धीरे से काकाबाबू को फटकार लगाई और कहा कि हो जाएगा - लेकिन तुम उसे क्यों बता रहे हो? आपको कोई आपत्ति नहीं है, पिताजी, मुझे जाना चाहिए, लेकिन क्या मैं आपको घर जाकर देखूं?

या सातवें दूल्हे से मिलना होगा?

मुझे लगता है कि संकेत यह है कि मुझसे मिलने की कोई जरूरत नहीं है - आप सीधे सातवें दूल्हे से मिलेंगे। फिर अगर आप अपनी बेटी या अपने पोते को देखना चाहते हैं तो हमारे घर जाओ।

चूँकि उस दिन मुझे काम करने की जल्दी थी, इसलिए मैं थोड़ी सी बात के बाद अलीशा के घर से निकल गया।

तब उन्होंने यह नहीं पूछा कि काकीमा सप्तम डार से मिले थे या उन्होंने जमीन ली थी - और सप्तम दाव ने कोई जानकारी नहीं दी! चलो इसका सामना करते हैं - डैडी पूरी रात जागते रहे -

अगर वह ब्रोकरेज में शामिल नहीं हुआ या खुद दलाल नहीं बन गया - दूसरा कारण यह था कि समरेश और सातवें दूल्हे के बीच दूरियां दिन-ब-दिन बढ़ती जा रही थी - क्योंकि उत्फुल्ल बाबू - अनन्या बाबू और नब कुमार बाबू ने इस घटना का कड़ा विरोध किया था। उन्होंने घोर अन्याय भी किया है।

और हवा की रफ़्तार से यह खबर सातवें दूल्हे के कानों तक ज़रूर पहुंचेगी! क्योंकि उसका चमचा कम नहीं है... गांव की गलियों में घूम रहा है... कुछ रंग-बिरंगी शराब की आस में - दो

टुकड़े मांस के - कुछ सट्टे के पैसे की आस में...!

समरेश की तरह ईमानदार प्रतिवादी - चालाक का अर्थ है अपने समूह में लोगों को पकड़ना - यह नहर काटने और मगरमच्छ लाने के समान है।

मैंने कोई लाभ नहीं खोया - क्योंकि मैं अभी भी अपनी छोटी पैतृक संपत्ति को बरकरार रखने में कामयाब रहा - अगर मेरा सातवें डार के साथ घनिष्ठ संबंध था - कौन जानता है कि यह पानी की कीमत पर कब बेचा जाएगा - शायद आज मुझे करना होगा हर किसी की तरह उस पर भरोसा करो... वरना मैं दलाल बन जाता!

लेकिन क्या भगवान आप जो भी करें, अच्छे के लिए ही करें।

अध्याय सोलह

त्रिस्तरीय पंचायत चुनाव शुरू होने वाले हैं और अब भी देर नहीं हुई है.

तीस्ता पंचायत ने कहा हमारा राज्य यानी पश्चिम बंगाल जो राज करता है...

पहला स्तर ग्राम पंचायत के अंतर्गत आता है जो 650-1000 मतदाताओं के बीच निर्वाचित क्षेत्र का प्रतिनिधित्व करता है।
द्वितीय स्तरीय संघ जो 5000-6000 मतदाताओं के बीच प्रखंड स्तर का प्रतिनिधि है... का अर्थ है संघ
और जिला परिषद सदस्य जिला प्रतिनिधि के रूप में एक प्रखंड में जुड़ती है !

दोनों पक्षों के बीच लाल-हरे रंग को साज सज रोब कहा जाता है- मुझे यह कहते हुए देखो - और कोई और मुझे देख ले तो क्या हर्ज है?

गौरतलब है कि भगवानपुर गांव में ग्रीन पार्टी के कार्यकर्ताओं

और मतदाताओं की संख्या दिन-ब-दिन घटती जा रही थी. स्थिति भले ही खराब हो, लेकिन लाल पार्टी अभी भी राज्य में अपनी महिमा में सत्ता में है और इस लाल पार्टी के लोगों ने भगवानपुर गांव में मतदाता सूची की गणना करने का एक तरीका निकाला था - ताकि दोनों में से कम से कम एक भगवानपुर गांव की सीटें बहुत आसानी से जीती जा सकती हैं - क्योंकि दोनों सीटें अब हरी हैं!

गणना मतदाता सूची को सही करने के लिए है - भगवानपुर के बीच में ईंट-पक्की सड़क पर दाईं ओर 185 और बाईं ओर 186 मतदाता हैं।

इतना ही नहीं, इस नियम का अपवाद यह है कि पार्टी यह सोचती है कि उसकी पत्नी हमें वोट दे सकती है, इसलिए पत्नी का नाम 185 भागों में दर्ज है - लेकिन पति ग्रीन पार्टी का सदस्य है - इसलिए पति नहीं मानता तो उसका नाम 186 भागों में रखें!

इतनी सारी चीजों का एक ही मकसद होता है एक-एक करके चुने हुए वोटर या एक्टिविस्ट्स को एक साथ लाना... यानी ग्रीन पार्टी के वोटर्स और रेड पार्टी के वोटर्स को एक साथ लाना!

क्या है नई वोटर लिस्ट का नतीजा?

बूथ संख्या 165 में लाले लाल - लगभग 75 से 80 प्रतिशत पार्टी कार्यकर्ता या मतदाता लाल - बूथ संख्या 16 में विपरीत स्थिति - ग्रीन पार्टी में लगभग 60 से 75 प्रतिशत कार्यकर्ता या मतदाता।

उस समय लाल पार्टी की खेती से पले-बढ़े किसानों-किसानों के साथ मटिया मजदूर यूनियन बनने से कई लोगों को छायादार मिट्टी या राख मिट्टी फेंकने का काम मिला, रोजगार होगा तो लोग उनके साथ होंगे. साल 1995-96 का है जब भगवानपुर ने गांव के किसानों के साथ मिलकर एक कृषि सहकारी समिति बनाई थी।

उस समय कृषि विकास सहकारी समिति का गठन तीन सौ किसानों को अंशों के छोटे हिस्से को वितरित करके किया गया था। वर्तमान में, यदि एक बड़ा अवसर दिया जाए तो इसके दायरे पर बाद में चर्चा की जा सकती है।

भगवानपुर गांव में लाल पार्टी का एक पार्टी कार्यालय था। काम - यह कृषक उन्नयन समिति विभिन्न प्रकार के बीज, धान की खेती के विभिन्न उपकरण और खेती के लिए उपयोग किए जाने वाले विभिन्न प्रकार के कीटनाशकों - किसानों के लिए विभिन्न रासायनिक उर्वरकों को बेचती थी।

कुछ कृषि ऋण या आर्थिक रूप से कमजोर किसानों को कम ब्याज दरों पर ऋण और ऋण के साथ-साथ बीज धान उर्वरक या दवा दी गई थी - लेकिन जब फसल कट गई तो उन्हें कराय-गंडा में ऋण चुकाना पड़ा।तत्कालीन कृषि विकास संघ!
क्या भगवानपुर के सभी ग्रामीणों के लिए इस संघ के द्वार खुलते हैं? क्या यह सदस्य हो सकता है?

लेकिन यह बिल्कुल भी आसान नहीं है। एक अलिखित नियम अभी भी मौजूद है।

यदि आप कृषि सहकारी समिति के सदस्य बनना चाहते हैं, तो आपको लाल पार्टी करनी होगी या आपको लाल पार्टी का कार्यकर्ता बनना होगा! और इसी कारण से कृषि सहकारी समिति का कितना ही विकास हो गया हो, वह आज भी विश्वव्यापी रूप से नहीं बनी है।

हालांकि, इस अलिखित नियम में, उनका लाभ कम नहीं हुआ - क्योंकि कुछ गरीब या गरीब किसानों ने ग्रीन पार्टी छोड़ दी और कुछ लाभ पाने की उम्मीद में, यानी बीज, चावल, उर्वरक और प्राप्त करने की उम्मीद में रेड पार्टी में शामिल हो गए।
दवा! साथ ही उन्होंने कुछ बेरोजगार पार्टी कार्यकर्ताओं की सहकारी समितियों के लिए काम किया, यानी वे विभिन्न

सामग्रियों को मापने के लिए गणना करते थे - पैसे लेने के लिए खाते रखने के लिए आदि।

कृषि समबाया समिति का व्यवसाय कुछ वर्षों तक फलता-फूलता रहा, अर्थात जब भगवानपुर गाँव में खेती अच्छी थी, व्यवसाय फला-फूला - लेकिन एक विशाल औद्योगिक पार्क लालों कॉम्प्लेक्स के निर्माण के कारण व्यवसाय अचानक धीमा हो गया। इसे बेचा जा रहा है - कौन खेती करेगा और कौन खरीदेगा धान - खाद या दवा?

प्रमद गुनलेन सहकारी उद्यमी यानी निदेशक मंडल सोचने लगा कि क्या किया जाए? क्या किया जाए?

कृषि कार्य ही न हो तो कृषि विकास संघ रखने से क्या लाभ ?

अंत में कुछ उच्च सदन के नेताओं की सलाह पर उन्होंने घास जलाकर कृषि उन्नयन समिति को सहकारी बैंक में बदल दिया।

हालांकि, बहुत मेहनत के एवज में यह रातों-रात आसानी से नहीं हुआ... विभिन्न सरकारी विभागों से अनुमति लेनी पड़ी और यह अभी भी संभव था। कहने की जरूरत नहीं है कि इससे विकास में मदद मिलेगी।

कृषि उन्नयन समबाया समिति बैंक के रूपांतरण के परिणामस्वरूप, पैसा अच्छी तरह से जमा होना शुरू हो गया ... ब्याज और बुरा नहीं लगभग राज्य के स्वामित्व वाले बैंक के बराबर है। इसके अलावा, राज्य के स्वामित्व वाले बैंक जैसी कोई समस्या नहीं है। कोई परेशानी नहीं। पैन कार्ड।

हस्तलिखित हस्तपुस्तिका के साथ प्राप्त करना आसान होगा। इसके अलावा बैंक स्टाफ स्थानीय है सभी जानते हैं - कम पढ़े-लिखे या अनपढ़ लोग बड़ी आसानी से अपनी आँखें बंद करके बैंक से लेन-देन कर सकेंगे।

किसी भी पर्ची या फॉर्म को भरने की जरूरत नहीं है।
ग्राहक को केवल उस फॉर्म या स्लिप पर लिखावट या टिप सिग्नेचर की जरूरत होती है - फिर काम हो जाता है...

इस सहकारी समिति के बैंक बनने के फलस्वरूप रेड पार्टी के कुछ पढ़े-लिखे या पढ़े-लिखे सदस्य साक्षर हो गए हैं। एक अत्यधिक कुशल कर्मचारी की नौकरी भी शामिल हो गई!
डिग्री ही पार्टी के एकमात्र समर्पित कार्यकर्ता पार्टी के प्रशंसक या उच्च नेतृत्व।

एक अच्छा कॉलेज या विश्वविद्यालय की डिग्री कोई रिक्ति नहीं है, कोई मौका नहीं है।

कृषि समबाया समिति के एक बैंक में परिवर्तन के बाद, सभी कार्यकर्ता जो पहले वहां थे, अभी भी कुछ नए जोड़े हैं। कुछ ही समय में जॉन दार्दी श्रमिक दर्दी नेता को जिला नेतृत्व अर्थात इस बैंक के प्रबंधक के रूप में नियुक्त किया गया। श्री लाल मोनी रॉय, बुलागर मुटिया यूनियन के अध्यक्ष, हावड़ा जिला पार्टी कमेटी के सदस्य।

सभी बर्तनों के तथाकथित कटहल केले ... लेकिन कई किसान-मजदूरों का अब्दाल द्वारा उपहास किया जाता है, जिसका उपहास छोटे आकार के बैंगनी के रूप में किया जाता है! और जैसे ही उन्होंने अपना भाषण शुरू किया, बैठक पल भर में खाली हो गई!

सामान्य उपभोक्ता क्या है? कार की तलाश करने का क्या फायदा है? बैंक मैनेजर को हायर करने वाला कौन है, यह देखने की जरूरत नहीं है।

आम मध्यमवर्गीय पालतू जानवर, अनपढ़ या कम पढ़े-लिखे लोग कहां जाएंगे? इस बीच, अपनी जमीन या सुरक्षित आश्रय बेचने के लिए लाखों रुपये कहां रखें? तो किसी तरह की मजबूरी से सुरक्षित और सुरक्षित होने के लिए, सबसे आम लोगों ने उस सहकारी बैंक को चुना।

इस संदर्भ में यह कहना अच्छा है कि जैसे-जैसे पश्चिम बंगाल की लाल पार्टी हरी-भरी होती गई, चिटफंड मेंढक के छत्र की तरह बढ़ने लगा।

हजारों अभिमानी नाम और साथ ही हजारों निवेश विधियां - उच्च ब्याज दरें, तीन साल में दोगुनी, पांच साल में दोगुनी, आदि।

उस संदर्भ में, निश्चित रूप से, बाद में चर्चा की जाएगी - क्योंकि चिटफंड पर चर्चा किए बिना, पश्चिम बंगाल की ग्रीन पार्टी के नेताओं के चरित्र को नहीं समझा जाएगा, उन्हें मान्यता नहीं दी जाएगी!

अध्याय सत्रह

पंचायत वोट में महज तीन महीने बचे हैं- अब दोनों पार्टियों को अपना उम्मीदवार चुनना है. लेकिन आपको दोनों कैटेगरी में उम्मीदवार उतारने होंगे.बिना चुनाव लड़े किसी को भी जीतने नहीं दिया जा सकता...

महान नेता 175 साल पुरानी जबद सबुज पार्टी के तहत लगातार सातवीं बार पंचायत जीत रहे हैं। तो दूसरी सीट देने की कोशिश से सीट खत्म नहीं हुई - लेकिन आखिरी बचाव में नहीं! ग्राम समिति की बैठक में यह निर्णय लिया गया कि सातवां दूल्हा खड़ा हो - चाहे पैसा खर्च करके जीतना संभव हो लेकिन नया आदमी हारे हुए को एक ही बार में खो देगा। उनके खिलाफ सुबीर पात्रा रेड पार्टी के सदस्य हैं।

सुबीर का चरित्र एक उम्मीदवार के रूप में बुरा नहीं है बल्कि शिक्षित-विनम्र-विनम्र और हंसता है और सबके साथ बात करता है! अगर उसमें ये गुण न होते तो वह आसानी से जीत सकता था! लेकिन सातवां दूल्हा करोड़ों रुपये की बड़ी बाट

जोह रहा था और खूब जायदाद का मालिक- क्या वोटर को पैसे से नहीं खरीदेगा?

भगवानपुर के लोग रात भर कुछ रंगीन पेय और मांस के कुछ टुकड़ों के साथ बदल जाते हैं। यह घटना सुबीर के लिए अज्ञात नहीं है, उसके पास दृश्य साक्ष्य हैं...

सुबीर के शब्दों में। पिछले चुनाव में मंडल के कुछ घर हमेशा हमारे मतदाता और समर्थक होते हैं। हम गेंद कूपन काटने में उनकी मदद करते हैं। गेंद हमेशा उनके घर जाती है - जितना हो सके उनकी मदद करें या मुस्कान के साथ कूपन के पैसे दें। लेकिन सेवा का क्या?

मतदान से दो दिन पहले हम मतदान केंद्रों पर गए और देखा कि वे बात नहीं कर रहे थे। वे मतदाता पर्ची प्राप्त करने में भी देरी कर रहे थे क्योंकि मैंने अपने कुछ कर्मचारियों को अपने घरों के आसपास देखने के लिए कहा था - क्या आप जानते हैं कि उन्होंने क्या कहा आने के लिए पीछे?

उन्होंने कहा कि ग्रीन पार्टी के लोग उस क्षेत्र के सभी लोगों के साथ घर में बैठे हैं - इसका मतलब है कि पुरुष शराब और मांस पी रहे हैं और घर के बेटे-बेटियों के लिए डाल रहे हैं। मीट चावल... और इसलिए वे इसका उपयोग नहीं कर रहे हैं, यानी

वोटर स्लिप हमसे!

चुनाव से कुछ दिन पहले हुआ था ऐसा वाकया... इसलिए दोनों दल इस बात पर बहुत पैनी नजर रखते हैं कि कोई भी विपक्षी दल उनके क्षेत्र में घुसकर शराब या मांस का सेवन नहीं कर सकता, मतदाताओं को राजी नहीं कर सकता या पैसे से वोट नहीं खरीद सकता!

अपर्णा मखले ने पिछली बार 175 जूट की पहाड़ियों में 16 जूट हरी जूट के कब्जे में जीत हासिल की है, वह अपनी जीत की सीट क्यों छोड़ेगी?

लेकिन सातवें दूल्हे के लोग उसे हटाना चाहते हैं और किसी और को खड़ा करना चाहते हैं क्योंकि जो भी उस सीट पर खड़ा होगा वह जीतेगा - और अगर सदस्य सातवें दूल्हे द्वारा मनोनीत किया जाता है तो वह पोयाब्रो-बकल में वह सब काम करेगा! हाल ही में, विभिन्न कारणों से, विवाद सातवें दूल्हे के अपर्णा मखले तक बढ़ गया है, उसे हटाना बेहतर है!

इसी को ध्यान में रखते हुए उन्होंने एक नाम सुझाया- उमानाथ की पत्नी शर्मिष्ठा दूल्हा!

नाम सुनकर कई लोग मुस्कुरा दिए और चुपके से अफवाहें फैलाने लगे क्योंकि उमानाथ सातवें दूल्हे का नंबर एक चम्मच है, यानी सातवें दूल्हे के पक्का दलाल और शर्मिष्ठा दूल्हे के साथ अवैध संबंध हैं। सातवीं बार के कुछ समर्थकों के अलावा कई लोगों ने नाम खारिज कर दिया...

इसके अलावा अपर्णा मखले काचू मंडल-वंतू हुडाती-मध्यम मंडल आदि से भी कम नहीं हैं लोग. इस बीच रेड पार्टी के प्रत्याशी का पता लगाएं खो दिया।

और जान-बूझकर नदी में डूबकर क्यों मरते हैं? देहात में अभी भी हारने का मतलब सिर्फ हार ही नहीं है बल्कि उसके बारे में गपशप कितनी बुरी है - नारा कितना बुरा होगा - गाल कितने खराब होंगे - घर के बिना भी!

गांव के अंत में एक चरवाहे लड़के ने एक पाटी मजदूर की पत्नी शोभा रॉय को खड़ा किया...

वह राजनीति या मतदाता सूची को नहीं समझ सकती है। वह केवल चुनाव के लिए उम्मीदवार बनने में सक्षम है। यह उसके लिए एक बड़ा सम्मान है।

अध्याय अठारह

और पंचायत वोट से भगवानपुर गांव की राजनीति में आमूलचूल परिवर्तन आया...

मैं आपको पहले ही बता चुका हूं कि भगवानपुर गांव का उभरता हुआ नेता है...

भाषण देते हुए देखा था- बुलागर मजदूर यूनियन का सचिव कौन है और उस समीराणी का मालिक भी है उच्च सदन की उदारता का अर्थ है कि रेड पार्टी के कुछ जिला स्तर के नेताओं की सिफारिश पर उन्हें जिला परिषद से चुनाव में खड़े होने का मौका मिला, यानी अगर वे जीत सकते हैं। वह सांखली प्रखंड के रहने वाले हैं हावड़ा जिला जिला परिषद समिति का प्रतिनिधित्व करेगा !

हालांकि समीरन मलिक पहले कभी चुनाव के लिए खड़े नहीं हुए थे, उनके पिता एक बार भगवानपुर गांव से एक गांव की सभा में खड़े हुए थे लेकिन गोहरन हार गए थे। अचानक उन्हें इस जिला परिषद का टिकट तो मिल गया लेकिन एक भी शब्द

नहीं निकला। इसका मतलब है कि आपको बहुत सी सीढ़ियाँ ऊपर और नीचे जाना है!

पहले पार्टी में शामिल हों - फिर पार्टी कार्यकर्ता बनें और कुछ साल झंडे में बिताएं - फिर बहुत धीरे-धीरे विभिन्न क्षेत्रीय समितियों के सदस्य बनने का मौका मिलता है -

पहले पार्टी की युवा समिति के सदस्य, फिर मुख्य दल की ग्राम समिति के सदस्य, फिर क्षेत्रीय समिति, फिर उसकी प्रखंड समिति, फिर जिला परिषद के सदस्य। हाई स्कूल पास करने के बाद वे एक कॉलेज गए और कॉलेज में पार्टी में शामिल हुए।

जो कुछ भी था, भगवानपुर के मतदाता बड़े-बड़े घाटों से आंदोलित थे उसके घाट पर नावें चलने लगीं - सातवें दूल्हे के कुछ करीबी भी और उसके साथ अंदर संवाद करने लगे!

उसी हारी हुई सीट पर सातवां दूल्हा मतपेटी पर कूद पड़ा क्योंकि वह समीरन मलिक जैसा बड़ा उम्मीदवार था. सम्मान का शॉल नहीं तो करोड़पति होने का क्या फायदा? तो जो कोई भी कर सकता है वह पैसे की तरह - शराब - मांस अलग-अलग प्रलोभन दिखाने का मतलब है वोट खरीदना और खेल में नशे में धुत होना! भगवानपुर के मतदाता इस अवसर को कैसे चूक सकते हैं?

उनके लिए बस इतना ही जानना बाकी है कि सातवें दूल्हे की दोहरी राशि अपार धन है - अगर कुछ पैसा उनके हाथ में आ जाए या वे थोड़ी देर के लिए शराब और मांस खाने का मज़ा ले सकें तो क्या हर्ज है?

क्या कोई यह देखने वाला है कि मैं कहां मतदान कर रहा हूं?

यह देखा जाएगा कि मतदान का दिन कब आएगा- क्या किया जा सकता है?

सातवां दूल्हा कुछ मतदाताओं को सीधे रानीहाटी कार्यालय में यह गणना करके ले जाता है कि मतदाता गांव में या घर पर नहीं समझते हैं। मतदाताओं के लिए बहुत अधिक शराब और मांस या पैसा है। यदि मिल जाए, तो कल या परसों, दस से बीस और युवाओं को इस कार्यालय में लाया जाएगा और उनका उचित विनियोग किया जाएगा। यदि आप करते हैं, तो आप निश्चित रूप से उसे वोट देंगे!

सातवें दूल्हे ने एक दिन समरेश को बुलाकर कहा- भाई, याद नहीं पहले क्या हुआ था। मुझे इस यात्रा पर बचाओ - मेरा मतलब है, आपको बस दीवार पर काम करना है - उत्सव - लेखन - माइक प्रचार। बनना चाहता है तुम मेरी हालत

समझते हो।

मैं एक ऐसा पार्टी प्रशंसक हूं हनुमान, उन पर यह सारा चुनावी काम मतलब दीवारें - उत्सव लेखन एक दिन पे-एज़-यू-गो गठबंधन में करता हूं.. लेकिन क्या होगा अगर धान खेत में पका हुआ है, मैं धान नहीं काटूंगा और घर नहीं बनाऊंगा, मैं यह सब काम करूंगा - मैंने थोड़ा सोचा , लेकिन फिर मैंने सोचा, कुछ दिनों या दस दिनों के बाद, धान काट दिया तो क्या नुकसान होगा?

इसके अलावा, जब सातवें दा ने कुछ मजदूरी देने के लिए कहा - उस मजदूरी के साथ कुछ लोगों को रोपने से दो बीघा धान प्राप्त करने में कितने दिन लगेंगे या नहीं? इसी बात को ध्यान में रखते हुए मेरे देवर और मेरे देवर ने दीवार पर और रात को लिखना शुरू कर दिया लेस वर्क करने के लिए इसे स्थानीय भाषा में हैंगआउट कहते हैं।

मेरे पास उत्सव लिखने के लिए एक स्टूडियो जैसी प्रणाली नहीं है - और फिर प्रिंट - या प्रेस इतना समृद्ध नहीं था कि बड़े उत्सव के बैनर छाप सकें - मुझे उन्हें छापने के लिए कलकत्ता जाना पड़ा और लागत बहुत बड़ी थी, इसलिए मैंने किया था कुछ तरकीबों के साथ आने के लिए सब कुछ करना था?

मेरी पार्टी की बैठक की खबर नहीं ली जाती है, कभी-कभी रात में सातवें दरवाजे से तुकी ताकी भी बात करते नजर आते हैं- किरी सब ठीक कर रही है? मैं कहता हूं कि आपको इसके बारे में चिंता करने की ज़रूरत नहीं है, आप दूसरी तरफ देखें... बस!

लेकिन इस बीच नेपोय सारे दही को मार रहा है... इसका मतलब यह हुआ कि जितने भी लोग ग्राम समिति के नेता बन गए हैं, उनमें भारी मात्रा में धन की गंध आ गई है. उनमें से कई तो ऐसे हैं जिन्हें दोनों पक्षों के दंगों के दौरान पैसे का हिस्सा मिला, यानी लॉटरी का पैसा वह पैसा था जो लूटा गया था - वे उनमें से एक हैं - क्योंकि जिसने कभी खून का स्वाद चखा वह उस स्वाद को कभी नहीं भूल सकता!

जिन्होंने कभी राजनीति में कोई काम नहीं किया वो भी आजकल राज में हैं तरह-तरह के ऑफर लेता है, यानी अगर ऐसा कोई ग्रुप इतने हजार रुपये दे दे तो पूरा परिवार वोट करेगा!

जीत के नशे में उसने पैसे उसे सौंप दिए। और अब इस पैसे की तलाश करना सही नहीं है - क्योंकि - क्योंकि अगर यह खोजते समय विपरीत पक्ष की नजर में आता है, तो पैसा पूरी तरह से खो जाता है। दिन के दौरान उसका उद्धारकर्ता एक सच्चा दोस्त है।

इस समूह में कितने लोगों का नाम लूंगा?नाम कहूं तो साबुज पति का नेतृत्व नष्ट हो जाएगा।

और मैं जिस दिन और रात काम करता हूं उसका मूल्य बहुत कम है।

पार्टी की बैठक में पार्टी के एक बुजुर्ग सदस्य ने मेरा मुद्दा उठाया और कहा कि लड़का दिन-रात इतनी मेहनत कर रहा है - उसका परिवार कैसे चलेगा? सातवें दूल्हे ने कहा मैं उसे भुगतान क्यों करूं - भांटू हुडाती ने यह सुना उन्होंने कहा कि वह पार्टी के लिए काम करेंगे और फिर भुगतान करेंगे - फिर हम जीविका के लिए काम क्यों करें?

कुछ लोगों ने मुझे भुगतान करने के लिए समर्थन किया - फिर कई लोगों ने भांटू की बातों पर आपत्ति जताई - मैंने सब कुछ सुना और कहा कि मैं पंद्रह साल से काम कर रहा हूं - कभी एक पैसा नहीं मांगा -

आज भी मैं नहीं चाहता था- सातवें दा ने विशेषण के रूप में कहा- जब यह बात मेरे सन्दर्भ में आई, तो आज मैं एक पैसा भी नहीं लूंगा! मेरे परिवार को जाने दो...

यह कौन है भांटू हुडाती? आप कह सकते हैं कि सातवें दूल्हे के बाद आपको एक जहरीले काले सांप 7 की पहचान के बारे में विस्तार से पता चलेगा!

पूरे गाँव में एक हुलस-थुलस ट्रंक ... तो बोलने के लिए, पूरे राज्य में - शायद एक त्योहार समय से पहले आता है पश्चिम बंगाल में किसी भी वोट का मतलब होता है साज सज रोब उत्सव का मूड - पंचायत वोट उस पर तो कोई सवाल ही नहीं होगा मामा।

अगर राजनीति की दृष्टि से पूरे भारत में कोई राज्य है - गन्दगी - पाखंड या छल - कपटपूर्ण छल - तो यह पश्चिम बंगाल उनमें से एक है! पश्चिम बंगाल विशेष रूप से राजनीतिक रूप से निर्भर राज्य है जहां मतदान पर ध्यान दिया जाता है और यह बढ़ रहा है।

अध्याय उन्नीस

राजनीति के बिना लोगों को कुछ भी करने का अधिकार नहीं है। दोनों दलों के बीच दरार है। दोनों दलों के सैकड़ों निर्दोष लोग अपनी जान गंवा चुके हैं। हजारों लोगों ने अपने घर खो दिए हैं। यह हमारे राज्य की राजनीति है - और इस राजनीति का मुख्य आधार यह है कि ये तीन स्तरीय पंचायतें तीन स्तरीय गांवों - क्षेत्रों - ब्लॉकों और जिलों - और ग्रामीण क्षेत्रों - ब्लॉक - जिलों - पर अधिकार करने का एक शक्तिशाली तरीका हैं, यदि उनके पास विधायिका में बहुमत है।

विधानसभा के सदस्यों की संख्या बहुमत होने पर ही आप केंद्रीय बैठक में भाग लेकर मंत्रालय प्राप्त कर सकते हैं, आप देश के भागीदार बन सकते हैं, आप सत्ता के शीर्ष पर पहुंच सकते हैं! कहने की जरूरत नहीं है कि दोनों पक्षों ने पानी पीना शुरू कर दिया है...

तो भगवानपुर कोई अपवाद नहीं बल्कि थोड़ा और होगा - पलाई के आकार के काले रंग के जार जेर जाला जीर जार जला

जला जीर जाला जुक के दोनों किनारों को हर दिन जोड़ा जा रहा है - चिकन मांस के साथ-साथ रंगीन पेय भी हैं और सज्जनों के लिए व्यवस्था है, जैसे कि आदमी - कौन है मतदाता को अपनी व्यवस्था के रूप में...

यानी भगवान को प्रसन्न करने वाला फूल - संतुष्ट हो रहा है। दोनों से समान रूप से!

सातवें दूल्हे की ग्रीन पार्टी दलालों का पैसा नहीं है...
लेकिन समीरन बाबू या सुबीर बाबू की पार्टी पैसे कैसे जुटा रही है?

कहां है इतने पैसे का सोर्स? मैं उस पर आ रहा हूँ।

वे हमेशा के लिए भिखारी हैं - किसी भी बहाने से दीप को जनता ने झकझोर दिया है - पार्टी जुलूस सभाओं या चुनावों के दौरान - वही तस्वीर - लंबे 29-30 साल। लेकिन क्या वाकई पार्टी दिवालिया है?

लेकिन ऐसा नहीं है।उच्च सदन के नेतृत्व के अनुसार, कुछ पैसे कमाने के अलावा, घर-घर जाकर लोगों के रवैये को भी जाना जाता था।

उसके ऊपर, बुलागर मजदूर संघ ने बेहिसाब पैसा लिया है।प्रत्येक श्रमिक को अपने काम के लिए प्रति कार 20 करोड़ रुपये का भुगतान करना पड़ता है।

संघ की ओर से पार्टी कोष से हजारों रुपये खर्च करने लगे दीदार इसके अलावा भगवानपुर में मजदूरों की संख्या भी कम नहीं थी.

समीरन मलिक अगर मजदूर संघ के सचिव हैं तो क्या वह जिला परिषद की सीट जीत सकते हैं? उनका माथा चौड़ा होगा - विभिन्न नए तरीकों से - इस उम्मीद में कि सड़क खुल जाएगी।

वह बहुत पैसा खर्च कर रहा है लेकिन सातवें दूल्हे के करीबी कुछ लोगों ने घर के मालिक के संपर्क में रखा है, जिसका अर्थ है कि वह एक दिन अपने ही हथियार से मारा जाएगा - भविष्य इसमें है।

सातवां, लेकिन जीतने का नशा एक ऐसी मूढ़ता थी - जो उन लोगों को नहीं पहचानते थे - देशद्रोही कौन थे?

गौर मंडल उन्हीं में से एक हैं- यह कौन है गौर मंडल सप्तम दूल्हे द्वारा बनाया गया एक योग्य शिष्य है बाद के समय का

एक जहरीला कलसप। इसका विवरण आपको बाद में मिलेगा।

रेड पार्टी के लोगों को सारी खबर देशद्रोहियों से मिली, इसका मतलब है कि किसने क्या या कितना भुगतान किया - तो उनके माध्यम से खबर मिलने के बाद, रेड पार्टी के लोग अपने घरों में गए और कहा कि वहाँ है पैसे लेने में कोई बुराई नहीं है लेकिन हमें वोट दें। हालांकि, जिन्हें बेईमान माना जाता है, उन्हें सबूत के साथ वोट देने के लिए कहा गया है - क्योंकि वह मजदूर संघ के कार्यकर्ता हैं।

रानीहाटी कार्यालय में सातवीं बार सातवीं बार खेलने की चाहत रखने वाले युवा भी पकड़े गए! लाल पार्टी के लोगों ने उन्हें बताया है कि उन्होंने बहुत पैसा लिया है।

राज्य ने पिछली विधानसभा या लोकसभा में वोटिंग मशीन की मदद से मतदान किया है लेकिन पंचायत इस पहली मशीन की मदद से मतदान करेगी! क्षेत्रीय समिति से दो साधारण वोटिंग मशीनें आने वाली हैं...

मेरा मतलब है, वोटिंग सिखाने के लिए और क्या है - लेकिन मतदाताओं के पास केवल दो दिन बचे हैं लेकिन मशीन नहीं आई!

इसी बीच रेड पार्टी के इलेक्ट्रीशियन पति कोमी बलराम मलिक ने अपनी दो साधारण वोटिंग मशीनें बना ली हैं, वे विरोधी पार्टी की मशीनें क्यों बनाएं?

रेड पार्टी के कार्यकर्ता घर-घर जाकर लोगों को बड़ी खुशी के साथ मशीन में वोट करना सिखाते रहते हैं। कौन होगा बचावकर्ता आगे आए समरेश -

ठीक है कोई बात नहीं मैं मशीन बना रहा हूँ...

मेरे घर में एक खिलौना कैसियो था जो अलग-अलग धुन बजाता था टॉय कैसियो की मदद से उन्होंने स्टॉप कॉल को काटा और वोटिंग मशीन की तस्वीर देखी मैंने वोटिंग मशीन को अलग-अलग पार्टी चिन्हों को खींचकर डिजाइन और आकर्षित किया -

ईमानदारी से कहूं तो सभी कार्यकर्ता वोटिंग मशीन को देखकर काफी उत्साहित थे और रेड पार्टी मशीन की बात करने लगे. जब प्रकाश चालू होता है, तो हमारी मशीन में ध्वनि और प्रकाश दोनों एक वास्तविक मतदान मशीन की तरह होते हैं ...

सातवें दाओ ने उत्साह से कहा, "समरेश, आपके पास वास्तव में इसका उत्तर नहीं है - यही वह है जिसके वह हकदार हैं - वह

बस इतना ही सुनना चाहता है ..." मूसलाधार बारिश के बीच रात भर जागकर समरेश ने बनाई यह मशीन!

कुछ दिनों के बल प्रयोग के बाद चुनाव के एक दिन पहले, चुनाव के एक दिन पहले यानी पूरी रात जागना - जिसे बेदाग पहरेदारी कहा जाता है - क्योंकि पंचायत के वोट का मतलब एक वोट बहुत कीमती होता है -

इसलिए कोई भी मतदाता विपरीत को नहीं छीन सकता! इसके लिए सड़क के अलग-अलग हिस्सों में कार्यकर्ता पूरी रात चौकसी बरत रहे हैं.
दोनों पार्टियों के कार्यकर्ता अलग-अलग बैनर, पोस्टर, पेपर लीफलेट लेकर रात भर जागते रहे और कहते रहे कि तिल रखने की जगह नहीं है..

क्या घर के बेटे-बेटियाँ छूट गए हैं? वो भी नहीं - कहीं पर आधारित एक उत्सव... अगर वह मुट्ठी कहीं संभव नहीं है, तो घर में पैकेट में मांस-चावल-दाल-तेल-नमक पहुंच गया है! तो एक दिन घर पर - गृहिणियां एक दिन पूल में अपने बच्चों के साथ अच्छा खाना खा सकेंगी -

कोई सोच रहा होगा कि अगर ऐसा वोट रोज होता तो कितना अच्छा होता!

शाम को ही मेरे कुछ करीबी आए और बोले- समरेश टुइटो मैं एक महीने से पार्टी के लिए इतनी मेहनत कर रहा हूं- जब सब मुट्ठी खा रहे हैं- आप सातवें दा को कुछ पैसे देने के लिए कहते हैं और हम थोड़ी मुट्ठी खाते हैं।

मैंने कहा कि मैं यह नहीं कह सकता कि रे - उन्होंने कहा तुम क्यों नहीं कर सकते? यदि आप ऐसा कहते हैं, तो आप निश्चित रूप से भुगतान करेंगे! उसे बताओ कि भूदेव दा नहीं जा रहे हैं!

सबुज पार्टी के अच्छे कार्यकर्ता भूदेव मलिक कम उम्र में 7वें डार से थोड़े ज्यादा होंगे। मेरे उनके साथ अच्छे संबंध हैं - इसलिए मैंने उन्हें फोन किया और शांत स्वर में बात की - भूदेव दा ने क्या कहा? बड़े मुँह से तुम मुझे दे दो - पर तुम समझ सकते हो - सब लूट खा रहे हैं और हम चाहते हैं कि पैसा हमारे हाथ लगे, सातवाँ क्या सोचेगा?

मुझे लगा कि यह सच है, इसलिए मैंने कहा नहीं, नहीं, कोई बात नहीं।

दोस्तों बोले फिर क्या होगा- रात होगी शाकाहारी? मैंने बोला क्यू चंदा लेकर दावत करेंगे.. हम कुछ दोस्तों के साथ 50-100 रुपये दान करते हैं, कुछ मांस और कुछ रंग-बिरंगे पेय खरीदे

जाते हैं - एक दोस्त के घर पर मांस पकाना भी होता है -

सभी काम हो जाने के बाद यानी पार्टी की बैठक - चुनाव के दिन की योजना - जो सभी जिम्मेदारियों को समझता है - कुछ घरेलू गश्त के बाद खाली खेत के एक छोर पर बैठकर दोस्तों के साथ खाना खाने के बाद मैं रात को उठा।

रात को घर लौटकर नहाने के बाद बूथ पर पहुंचा - जहां मतदाता क्रमांक पर्ची करते हैं कैसे वोट करें, कैसे वोट करें, कैसे वोट करें और कैसे वोट करें - स्कूल का ऊपरी कमरा या निचला कमरा आदि।

अन्य वर्षों में या किसी भी चुनाव में मैं मतदान केंद्र पर ग्रीन पार्टी का बूथ एजेंट हुआ करता था लेकिन इस साल मुझे वहां जगह नहीं मिली। मैंने बहुत पैसा खर्च किया है और मैं उन्हें अपने हाथों से एजेंट बनाऊंगा -

वे समझेंगे और अनुसरण करेंगे - वे हमें वोट दे रहे हैं या नहीं। मैंने कहा ठीक है मुझे कोई दिक्कत नहीं है मैं कैंप में ही रहूंगा!

मुझे यह समझने में कोई समस्या नहीं है कि एजेंट कौन हैं - वे लगभग सुबह गिद्धों के समूह में आते हैं।

वे एजेंट क्यों बनना चाहते हैं यह एक रहस्य है और यह मेरे लिए पानी की तरह स्पष्ट हो गया - भांटू हुडाती - गौर मंडल - मोना हुडाती - गौरव बाग - हर कोई लालची व्यक्ति जहरीले से भी बदतर होता है।

वह हेरफेर और कुछ नहीं अगर वह सातवें दौर में जीत जाता है, तो वह अपने अधिकार का दावा करेगा। उन्होंने वोट दिया होगा - पैसा नहीं गया ...

और अगर वे हार गए, तो उन्हें अपना पैसा अपनी जेब में डालना होगा या अपना अपराध स्वीकार करना होगा। उल्टा कुछ भी न करें वह निर्दोष मतदाताओं के नाम पर यह कहकर दोषारोपण करेगा कि उन लोगों ने पैसे से वोट नहीं दिया और धोखा दिया!

और मैं कहूंगा कि चुनाव के दिन मैंने एजेंटों से उन लोगों के व्यवहार को बहुत अच्छी तरह से देखा। उस दिन मुझे एहसास हुआ कि उन्होंने वोट नहीं दिया - मैंने उस दिन ज्यादा ध्यान नहीं दिया।
लेकिन अब वोट के नतीजे सबूत हैं!

तब क्या होगा?

फिर उन निर्दोष मतदाताओं का क्या होगा जिन्हें सातवें दूल्हे द्वारा दिए गए पैसे का एक चौथाई भी नहीं मिला, शायद उन्हें बस एक बूंद मिल गई।

बेईमान समझकर सातवें दूल्हे की ज़हरीली नज़र में पड़ेंगे! केयूट की पूंछ से कोई पार नहीं कर सकता, वे भी नहीं कर सकते - सातवां दूल्हा अपनी पूरी जिंदगी इन बेईमान वोटरों को फंसाने में लगा देगा। नेपोय ने दही को मार डाला - और चूना जाल में फंस गया!

यह समाज है।

अध्याय बीस

20-21 मई का दिन है गर्मी का दिन - सूरज की तपिश सुबह 7 बजे भी कम नहीं - सुबह वोट डालने के लिए कई लोग लाइन में खड़े हैं - इसलिए मतदान शिविर पर भीड़ काफी है ...

अलग-अलग मोहल्लों से थोड़े समय के साथ मुसीबत - फोनी मंडल मोना मंडल दूई भाई दू पार्टी के कार्यकर्ता दंगों की खबरें आने लगीं - दोनों भाइयों में झगड़ा हो गया है और सुर्खियां बटोर चुके हैं क्योंकि और कुछ नहीं है.बूढ़ी मां को अंधा कर वोट कौन डालेगा?

अभी नहीं, अब तक के अलिखित नियम, वृद्ध पुरुष और महिलाएं या बीमार लोग, जो मतदान करने में असमर्थ हैं विकलांग और सक्षम लोगों के वोट एक साथ जाएंगे - तो घर के लोगों के अलावा दोनों पार्टियों के कुछ ऐसे लोगों का चयन किया जाता जो पार्टी के प्रति बेहद वफादार लोगों के साथ बूथ सेंटर पर वोट देने के लिए भेजे जाते...

अन्य मत लोक सभा विधानसभा के मामले में नेत्रहीन या

विकलांग व्यक्तियों की संख्या कम है, लेकिन पंचायत चुनाव में बहुत से लोग मतदान नहीं कर पाएंगे या रातों रात अंधे हो जाएंगे!

कोई जो नशे में है, कोई बीमार है, या कोई काला चश्मा पहनता है या बूढ़ा कहा जाता है, उन लोगों के वोट पार्टी के बहुत वफादार लोगों द्वारा दिए जाते हैं, जॉन!

एक बात तय है या तो एक और समस्या थी और अचानक गठबंधन में आठ घड़े सुनाई दिए रेड पार्टी के ग्राम सचिव ग्रीन पार्टी के कुछ मतदाताओं के पास उनके वोटर कार्ड हैं - तो वे मतदाता कैसे वोट करते हैं? दोनों पक्षों में हुई मारपीट और क्या...

कई बदनामी के बाद वोटर कार्ड लौटाने को मजबूर अस्सी घड़े!

तभी सुनने में आया कि रेड पार्टी के कुछ वोटरों को हरी शराब पीकर चपटा कर दिया गया है ताकि वे वोट ही न डाल सकें...

उस समय चुनाव में कोई अर्धसैनिक बल या विशेष बल नहीं थे। एक पुलिस वाला डंडा लिए या एक युवक जिसने एक सप्ताह के लिए पुलिस प्रशिक्षण प्राप्त किया था, बूथ के पीछे हाथ में डंडा लिए खड़ा होगा। ऐसे अशांत मौसम में आ गई

स्थानीय थाने की पुलिस -

मतदान केंद्र का चक्कर लगाने के बाद उन्होंने मोहल्ले की गलियों में गश्त की.फिर समरेश की आंखों के सामने ग्रीन पार्टी कैंप में समरेश ने जो वोटिंग मशीन बनाई थी उसका क्या हुआ?

उसे जाने दो अगर लड़के का खेल चला गया तो क्या किया जा सकता है?

मामूली झटके के बाद मतदान समाप्त -

मतदाता मतपेटियों के साथ अधिकारी गंतव्य के लिए रवाना हो गए, अर्थात सभी प्रखंडों के मत एक ही स्थान पर एकत्र किए जाएंगे और तीन दिन बाद मतगणना शुरू होगी!

सातवें दा और पार्टी के अन्य कार्यकर्ता थोड़ी देर के लिए एक जगह एकत्र हो गए और उन्हें टुकड़े-टुकड़े कर दिया गया ...

मैंने उनके चेहरे पर एक गंभीर मुस्कान का सातवां उदाहरण देखा। यह समझना मुश्किल नहीं है कि खराब हवा अच्छी नहीं होती...

क्योंकि मैंने दूसरे चुनावों में सातवें दा बूथ से देखा था वापस आने पर वोटर लिस्ट के साथ बैठकर स्क्रूटनी करते थे और स्क्रूटनी के अंत में भविष्यवाणियां भी करते थे। वह कह सकते थे कि वह बताएंगे कि एक बूथ पर एक उम्मीदवार को कितने वोट मिलेंगे। तथाकथित हॉट बूथ रिटर्न सर्वे और अगर गिनती के अंत में परिणाम पत्रों में मेल नहीं खाते, तो यह उन्नीस-बीस से अधिक नहीं होता!

सभी स्टाफ की खातिर सप्तम दा ने कहा कि घर जाकर आराम करने के लिए काफी मेहनत की है- कल मिलते हैं!

हमेशा की तरह, घर वापस आने पर मुझे बहुत थकान महसूस होती है - मैं पूरी रात जागता हूं और दिन भर दौड़ता रहता हूं - इसलिए मैंने नहाने के लिए अपने कंधे पर थोड़ा सा तेल लगाया - मैं अपने कंधे पर एक तौलिया लेकर बाहर गया - एक साथ सरकारी नलकूप में नहाने के लिए बाल्टी!

चारों ओर अंधेरा कैसा लगता है? शौच होगा - त्वचा पर पसीना सूख जाएगा - क्योंकि यह उग्र है। मैंने यह सोचकर अपने पैरों को कुछ फीट किनारे तक उठाया है। मैंने देखा कि कुछ लाल पार्टी के कार्यकर्ता मुझे देख रहे हैं जैसे कि वे लुका-छिपी खेल रहे हैं और मांगना।

मुझे कुछ संदेह है, मैं डर गया और कुछ किया -
लेकिन क्या बात है? वे मेरे साथ लुका-छिपी क्यों खेल रहे हैं? आपको पता होना चाहिए कि - मैंने रोमांच के पंखों की मदद से किनारे पर कदम रखा!

जैसे ही मैं थोड़ा आगे बढ़ा, मैंने कुछ छोटी मशाल की रोशनी और कुछ और लोगों की जिंगल देखी। क्या बात है हमारे बगल में आठ बर्तनों के किनारे पर बांस काटा जा रहा है।

समझने के लिए कुछ नहीं बचा है - जो मुझे छिपते हुए देखते हैं वे पहरे पर हैं - यानी कोई नहीं समझ सकता कि रेड कार्पेट अगले युद्ध की तैयारी कर रहा है - मुझे क्या करना चाहिए? सारा शरीर डर से कांप रहा है - पच्चीस लोग और मैं अकेला - पिशाचों का वह पागल समूह। अगर वे मुझे मारकर बिल के पानी में दफना दें, तो किसी के भी बाप की लाश नहीं मिल सकती!

लेकिन मुझे अपना सिर नीचे रखना है, इसलिए मैं बिना देर किए उसी रास्ते से वापस आ गया - मुझे कुछ समझ नहीं आया ... मुझे कुछ पता नहीं था - बहाना! मेरे मन में शौच या स्नान करने का विचार आया...सप्तम व्यक्ति के कानों तक समाचार अवश्य पहुँचे। फिर मोबाइल की आवाजाही अभी शुरू हुई है - एक साधारण लीफ सेट की कीमत दस से पंद्रह हजार

रुपये है।

साथ ही इनकमिंग और आउटगोइंग कॉल का चार्ज अलग-अलग है। मैं अपने फोन को खरीदने या इस्तेमाल करने का जोखिम नहीं उठा सकता - इसलिए मुझे सातवें घर में भागने के लिए मजबूर होना पड़ा ...

मैंने जाकर राहत की सांस के साथ सारी जानकारी खोली। सारी बातें सुनने के बाद, मैंने पार्टी के कुछ कार्यकर्ताओं को गंभीरता से बुलाया और उनसे सलाह-मशविरा कर कुछ बाहरी लोगों को चुपके से बुलाया और कर्मचारियों को निर्देश दिया कि हम कुछ बांस भी खरीद लें। ईंटें - और कुछ लोगों को आज सतर्क रहना चाहिए!

सातवें दा और अन्य कर्मचारियों ने मुझे डरने के लिए नहीं कहा- समय के किसी भी हिस्से में हम कम नहीं होने वाले हैं, डरेंगे तो हमारा सारा माल आ जाएगा- अगर आपको ऐसा अजीब दिखाई दे, तो यहां आकर शांत हो जाएं और घर जाएं?

क्या आपने घर पर किसी को बताया?

या मुझे उसका समय कहाँ से मिला?

ठीक है दादाजी, सावधान रहना।

मैं घर आया तो दादा-दादी से संक्षेप में कहा, मैंने अपनी पत्नी से भी कहा, सबने दहशत भरे स्वर में कहा, फिर क्या होगा? मैंने कहा क्या हुआ अगर मुझे एहसास हुआ कि सभी को घर से भागना है - कुछ करने लगता है? हमें इस रेड पार्टी के अंदर ही एक दूसरे को मारना होगा।

अध्याय इक्कीस

मतगणना आज - तो सुबह स्नान के बाद - खाने के बाद दोनों दलों के प्रतिनिधि मतगणना केंद्र पर इतने समय से मौजूद हैं - अपने-अपने बूथों या पार्टी के प्रतिनिधियों के रूप में!

सेवेंथ दा ने कल रात की मीटिंग में मुझसे कहा था कि हम चार लोग एजेंट बनकर मतगणना केंद्र जाएंगे. समरेश, तुम गाँव में रहो, गाँव के हालात को समझो और मुझे समय-समय पर बुलाओ - नेपाल माखल की लैंड लाइन से!

उस समय यह आठ-सौ-आठ होगा - तो शायद ब्लॉक का मतलब बी, डी, ओ वोटों की गिनती शुरू हो गई है. मैं कह सकता हूं कि घर पर, ग्रीन पार्टी के पड़ोस में या डेरा में कुछ पानी की आपूर्ति के बाद - या वहां बहुत सारी ग्रीन पार्टी है, क्योंकि आज अपने पड़ोस या घर में रहना सुरक्षित नहीं है -

पर चुनाव के दिन दोपहर दो बजे मैंने जो तैयारी देखी है उसका मतलब है - बांस काटना - ईंटें तोड़ना - तरह-तरह के सामान मंगवाना - मिलाप! इसमें कोई शक नहीं कि दोनों पक्ष

युद्ध के लिए तैयार हैं! आज- कोई गड़बड़ी हुई तो मतगणना सेव नहीं कर पाएगा केंद्र! इसलिए पढ़ने के लिए समय निकालना बेहतर है!

क्योंकि रेड पार्टी के नेता मुझसे कम नाराज़ नहीं हैं-क्यों नहीं? जब आप बड़े घाट को देखते हैं, तो इसका मतलब है कि समीरन मलिक जिला परिषद के सातवें उम्मीदवार हैं उनके करीबी लोग नाव को अपने घाट पर ले जाने के लिए तैयार हैं।

लेकिन मैं उनके पड़ोस से उनके अंडरवर्ल्ड का विरोधी बन गया मैं सातवें दूल्हे को खाने के लिए कहे बिना दिन-रात काम कर रहा हूं - उसके लिए दीवार पर लिखना - उत्सव लिखना - माइक उपदेश कुछ भी नहीं छोड़ रहा है! इसलिए किसी भी राजनीतिक उथल-पुथल के साथ मैंने हाथ मिलाया मत रखो!

मैंने जाकर देखा कि लोग चरणों में बैठे हैं और चर्चा जोर-शोर से चल रही है - कौन जीतेगा कौन कितने मतों से जीतेगा और कौन कितने मतों से हारेगा? मुझे देखकर कई लोगों ने कहा, क्या तुम समरेश को समझते हो? क्या होगा अगर हम सातवां दा जीत सकते हैं?

मुझे पता है कि मैं सही नहीं कह सकता? इस बार मैं सभा-जुलूस में उस तरह नहीं था - क्योंकि मैं ज्यादातर समय फेस्टून-दीवार और माइक लिखने में व्यस्त था लेकिन - सातवें बेटे बिकाश ने कहा- मेरे पिता जीतेंगे - कम से कम 25-30 वोट ज्यादा नहीं तो।

लेकिन बकाश ने यह भी कहा कि अगर लोग बेईमान नहीं हैं - उस शब्द का वास्तविक अर्थ यह है कि 175 जूट के लगभग 200-250 विपक्षी मतदाताओं को पैसे या किसी अन्य चीज से खरीदा गया था या भविष्य के किसी भी अवसर को प्राप्त करने का प्रलोभन दिखाकर...

यदि वे सही स्थान पर मतदान करते हैं, तो संभव नहीं तो यह लगभग असंभव है!

दिन चढ़ने के साथ ही पूरे गांव में दोनों पक्षों के बीच तनाव बढ़ने लगा।

दोपहर के बारह बजे रेडियो पर यह सुना गया कि पहले दौर की मतगणना के अंत में, समीरन मलिक अपने निकटतम प्रतिद्वंद्वी सरूपेश भट्टाचार्य से 2,000 से अधिक मतों से आगे थे - समाचार टूटने के कुछ ही समय बाद। दो या चार दांव फट गए और मेरे कानों में खुशी की आवाज भी आई।

यह सुनकर हमारी पार्टी के लोग कहने लगे कि अब खुशी क्या है? यहाँ शुरुआत है - मुश्किल से पहला दौर?

लेकिन संघ या ग्राम सभा की खबर कब निकलेगी? मैंने कहा कि एसोसिएशन या ग्राम सभा के परिणाम अंत में सामने आएंगे - और चूंकि हमारा गांव एक संभावित क्षेत्र के बीच में है - परिणाम शायद रातों-रात उपलब्ध होंगे।

मतगणना के अवसर पर हमने कुछ व्यवस्था की थी, मुझे लगता है कि आसुत शराब के कुछ जार और कुछ चनाचूर की व्यवस्था ... कुछ किलो हरी अबीर!

जब हम अपने बारे में चित्र बनाने की बात करते हैं तो हममें से कुछ का रवैया शांत होता है। चलो उससे थोड़ा ज्यादा खा लेते हैं! कुछ लोग चनाचूर की सहायता से चोलाई खाने लगे।

सातवाँ दा कल बस गया और अब इस छोटी सी व्यवस्था में रहना - और अगर आप जीत गए, तो आपको किसी को बताने की ज़रूरत नहीं है - पूरी अंग्रेजी - और काली की पूजा पूरे बकरे की बलि के साथ की जाएगी!

बहुत से लोग भविष्य के बारे में इस तरह से बात करने लगे कि उनके मन में उदासी भरी हुई थी, वे तरह-तरह की गलतियाँ

और अच्छी बातें करने लगे। वे हमें नहीं बचाएंगे - वह रोने लगे -

उनमें से जो थोड़े शर्मीले हैं, उन्होंने मौके को काट दिया - गति इतनी अच्छी नहीं है! दोपहर दो बजे रेडियो पर चुनावी बुलेटिन में खुलासा हुआ कि समीरन मलिक साढ़े चार हजार वोटों से आगे हैं! रेड पार्टी में उत्सव का माहौल बन गया और उनमें से बहुतों ने लाला अबीर का जाप करना और खूब शोर-शराबा करना शुरू कर दिया और गाँव के चारों ओर बिखेर दिया! नारे लगाने लगे!

हमारी सभा धीरे-धीरे फीकी से फीकी पड़ने लगी - चोलाई जेर चानाचूर - जगह में गिर गई ...

मैंने भी देखा कि गति खराब थी - घर पर जाना ठीक नहीं होगा - मैंने घर से निकलने से पहले अपनी पत्नी से कहा था कि थोड़ी देर में तुम लड़की को पिता के घर ले जाओगे!

मैं बिना देर किए अपने ससुर के घर चली गई। आवाज में क्या खबर है?

लाल अबीर और शोर सुनने के बाद समझ में नहीं आ रहा है कि क्या होने वाला है?

गांव में क्या स्थिति है? क्या हमारी खबर बहुत खराब है? सास ने चिंता जताते हुए कहा कि सातवां दूल्हा नहीं जीत पाएगा?

मैंने कहा - शायद नहीं -

हमारा क्या होगा गो बाबू? दरअसल, आसमान में बादलों को देखकर डर लगता है- क्योंकि उसकी आंखों में पिछले दो साल की यादों का सैलाब उमड़ पड़ा है...

यह झूठ नहीं है कि मैं खुद से डरता हूँ - क्योंकि मैंने व्यक्तिगत रूप से चुनाव के दिन दोनों पार्टियों की तैयारियों का निरीक्षण किया है!

किसी तरह नहाने के बाद मैं फिर नाक पर कुछ ठहाके लगाकर बाहर आया - गाँव की स्थिति ठीक नहीं है। उसने उदास स्वर में कहा, "ठीक है, स्थिति पर नज़र रखना और बाद में कॉल करना - और आप हमेशा रहेंगे चाहे कोई हो या न हो। ठीक है! मुझे बताये लेकिन आपकी खबर क्या है -

वोट की खबर? हमने अभी तक गिनती शुरू नहीं की है - गिनती शुरू होने पर मैं आपको बता दूंगा - उसने काट दिया ... मैं वास्तव में इस शब्द पर विश्वास नहीं करता, शायद खबर

खराब है - इसलिए मुझे नहीं लगता कि उसने ऐसा कहा था!

शाम चार बजे लाल अबीर लाल हो गया और नारेबाजी करने लगा सैकड़ों कार्यकर्ता समर्थक दो मैटाडोर में कहीं गए - हम में से एक को सड़क के किनारे देखा गया और हमारी माँ को बचा लिया गया - लेकिन हम अवाक हैं। वे मतगणना केंद्र में जा रहे होंगे।समीर मलिक ने उन्हें जीत के जुलूस में लाने के लिए जीत हासिल की होगी!

शाम 6 बजे तक बुलेटिन में घोषणा की गई थी कि समीरन मलिक ने अपने निकटतम प्रतिद्वंद्वी सरूपेश भट्टाचार्य को 5700 मतों से हराया था - इस सीट यानी सांखली ब्लॉक पर पिछले दस साल से साबुज पट्टी और सरूपेश भट्टाचार्य का कब्जा था। वे जिला परिषद में विपक्ष के नेता थे!

दस साल के विपक्षी नेता समीर मलिक को किसने हराया - तब पार्टी का फैसला सही था - एक युवा नेतृत्व को सबसे आगे लाने का - और उनके जुड़ाव की खबर दो गांवों में अच्छी तरह से बन गई।

संघ का परिणाम यानी। शशिकांत गेन की जीत की खबर में बुझ गई थी उम्मीद की रोशनी - क्योंकि दो गांवों ने मिलकर पांच सौ से ज्यादा वोट हासिल किए, क्या इसका मतलब यह है

कि हमारे गांव के 300 को उनके गांव से 250 से ज्यादा वोट मिले?

हमारे गांव में वोटरों की संख्या दो पार्टियों के बराबर होनी चाहिए- हमारे गांव से समिति का दीया देना संभव नहीं है- और दूसरे गांव की समिति में 500 लाइट मिलना संभव नहीं है....

लेकिन यह कोई नहीं कह सकता कि वहां जो मनोबल है वह पूरी तरह से टूट जाएगा, यह सब सोचकर मेरा दम घुट रहा है। शाम हो रही है, गांव में चहल-पहल है। तो सातवें दूल्हे की पत्नी-बेटा-बेटी घर में सुरक्षित न होने की सोच से घबरा जाती है, यानी हममें से कितने लोग रहे हैं!

उनके डरे हुए चेहरों को देखकर मैंने शांति से कहा, डरने की कोई बात नहीं है! तुम हरिदास डार के घर जाओ और यहीं रहो।

मैं सातवें व्यक्ति को गांव के हालात की जानकारी देने के लिए बुला रहा हूं मैंने देखा - मैंने फोन पर कई बार कोशिश की और स्विच ऑफ देखा।

जैसे-जैसे रात होती जाती है लाल दल का पारा चढ़ता जाता है, और हरे-भरे पाठों का मैदान खाली होता लगता है-खाली होता जा रहा है....जानते हो?

बकरी के सिर के बारे में इतना महत्वपूर्ण क्या है? " वास्तव में, वे नशे में हैं, लेकिन वे ठीक हैं। जीवन का भय - उन्हें जीवन का भ्रम है...

जैसे-जैसे समय बीतता गया, यानी जैसे-जैसे रात होती गई, रेड पार्टी की खुशी और पागलपन बढ़ने लगा।

जब तक स्वर कटाक्ष और अश्लील गपशप तक सीमित था - ऐसा लगता था कि वे घर में प्रवेश करना चाहते हैं और दंगा शुरू करना चाहते हैं ...

लेकिन हरी पट्टी की निष्क्रिय अवस्था- तो अफरा-तफरी नहीं बनी!

तो समीरन मलिक पहले ही गांव लौट चुके हैं जिला परिषद के विजयी सदस्य के साथ पूरे गांव में रेड पार्टी के लोग विजय जुलूस में मार्च कर रहे हैं और हरित दल की स्थिति बेहद... तब तक कितने कार्यकर्ता और समर्थक थे? एक प्रकार की आत्मा हाथ से यहाँ-वहाँ छिपी है!

समिति में रेड पार्टी की भी जीत हुई है लेकिन 7वें डार की खबर ठीक से नहीं मिल रही है - कुछ ने कहा है कि अभी नतीजे नहीं आए हैं... जबकि अन्य कह रहे हैं कि सुबीर पात्रा दो सौ से अधिक वोटों से जीते हैं!

लेकिन विजय जुलूस में सुबीर पात्रा नजर नहीं आए यानि वो अभी तक गांव नहीं लौटे हैं...

बार-बार फोन करने के बावजूद सातवां डकैत फोन पर नहीं पकड़ा जा सका...

बार-बार वह एक ही चीज को स्विच ऑफ कर देता था।

पत्नी को दिल का दौरा पड़ रहा है - यह महसूस करते हुए कि उसे आराम देने के लिए कुछ भी नहीं है! वह अपने बेटे के विकास में कितना भी विश्वास करे, उसके पिता की जीत होगी। उसकी उम्र 16-17 साल से कुछ ज्यादा रही होगी।

इस बीच अपर्णा शिवरात्रि साली जैसी सीट पर हैं मकल ने जीता गांव उनके करीबी कुछ लोग हरे अबीर के साथ लौटे हैं!

कुछ लोग उसे देखने के लिए जमा हो गए, लेकिन भीड़ ज्यादा दिन नहीं चली। यह देखकर कि आंदोलन अच्छा नहीं था, वे उनके घर में घुस गए। उनके बेटों ने अपने कुछ दोस्तों के साथ छत पर बैठक की।

क्योंकि किसी भी हाल में अगर केंदुआ ग्राम पंचायत पर सभी दलों का कब्जा है तो उनकी मां उपप्रमुख होंगी.

बैठक में कई अवसरवादी लोगों ने भाग लिया जिन्होंने ऊपर

खाना खाया और नीचे उठाया - जो लोग पिछले तीन महीनों के अंतिम छोर पर हुआ करते थे वे अब अपर्णा के गन मैच की हार से मोहित हैं - यह पक्का है कि वे समझ गए हैं!

भांटू हुडाती से इस खबर की सत्यता की पुष्टि करने के लिए कहते हुए उन्होंने कहा, "मैंने सुना है कि सातवीं पार्टी हार गई है, लेकिन मुझे नहीं पता कि कितने वोट हैं!" यह ठीक है - लेकिन घर क्यों नहीं जाते? मुझे यह भी नहीं पता कि वे अब कहां हैं।

वाह, ऐसा नेतृत्व है। एक वेब साइट कितनी अच्छी है यदि वह वहां मौजूद हर चीज के साथ "मिश्रण" करती है? अब हैं अपर्णा के खास आदमी - इनके नाजायज रिश्ते को लेकर कानाफूसी कर रहा है पूरा गांव!

सातवें दूल्हे के खोने की खबर सुनकर, हालांकि कुछ जमा थे, वह पल भर में खाली हो गया।सुनो सारे आधार - शान!
इस मौके पर कुछ अवसरवादी नशा करने वाले अलग-अलग बर्तनों और बोतलों में कुछ डिस्टिल्ड वाइन लेकर घर के लिए निकल पड़े।

बताओ, हम में से कितने हैं?मेरा बड़ा भाई, मेरा साला और मेरा सातवां बेटा, बिकाश। फोन पर उपलब्ध नहीं है! रेड पार्टी

के कार्यकर्ताओं को देखकर थोड़ा छिप रहा हूँ - फिर से सड़कों पर भटक रहा हूँ!

सातवें दार की पत्नी आनन-फानन में समय-समय पर सड़क पर उतरती रहती है।

कौन किसके साथ है, यह स्पष्ट नहीं है!

काफी मशक्कत के बाद विश्वसनीय सूत्रों से खबर मिली कि कुछ भरोसे के लोग कुछ अवसरवादी लोगों के साथ रात बिता रहे हैं जो पिछले तीन महीने से उनके साथ थे। ढालो पी रहे हैं और इसका मतलब है कि उन्होंने पैसे के साथ धोखा नहीं किया असली धोखेबाज ये मतदाता हैं ...

रेड पार्टी की जीत का जश्न लगभग पूरी रात चलता रहा है, कभी बढ़ रहा है तो कभी घट रहा है और ग्रीन पार्टी निराशा में समय बिता रही है जब उनके कार्यकर्ता समर्थक घर लौटेंगे!
ऐसे समय में जब भोर की रोशनी मुश्किल से चमक रही थी, सप्तम दा अपने योग्य साथियों के साथ गाँव लौट आए।

मैंने यही सोचा - चुना हुआ आदमी उसका नौकर काचू मंडल है - माधव मंडल भगवानपुर में सबसे बड़ा अवसरवादी आदमी है - नशा करने वाले और अन्य बुरे स्वभाव!

सातवें दा, हमने उनकी पत्नी और उनके बच्चों को घर के पास आते देखा। कभी-कभी रेड पार्टी के कुछ समर्थक घर के सामने जमा हो जाते थे और कोसने लगते थे। क्या हुआ है कि लोमड़ियों ने उन्हें स्पष्ट कर दिया है कि मतदाताओं ने उन्हें धोखा दिया है और वह वे स्वयं जल के समान निर्मल हैं।

इसका मतलब यह है कि जुबिलेंट रेड पार्टी के कुछ समर्थक जिन्होंने उनसे या उनके दलालों के माध्यम से पैसे लिए हैं, इसलिए उनके लिए इस सप्ताह की भविष्यवाणी कर रहे हैं। सातवें दा का परिवार एक पहाड़ी है -

लेकिन मेरा क्या होगा? जिस घर में मुझे लौटना था - कल सुबह मैं घर से बाहर नहीं निकल सका! तुम्हें किसी भी कीमत पर घर पहुंचना है... कल रात जो हुआ उससे घर के लोग परेशान होंगे! तो मैं ठाकुर के नाम पर घर के लिए निकला मुझे सड़क पर देखकर लाल पार्टी के समर्थक मुझे कोसने लगे।

मुझे इसके साथ रहना होगा क्योंकि हम हीरो पार्टी हैं।

अध्याय बाईस

चुनाव हारने के बाद सातवें दूल्हे का आक्रामक रवैया और भी उग्र हो गया है. अब कोई बात नहीं - आप दो या दस बजे अपने हाथों से सिर काट सकते हैं।

गंदी राजनीति का किरदार निभाकर इंसान खुद हिंसा में बदल गया है!

लेकिन राजनीति सिर्फ हिंसा के बारे में नहीं है - सिर्फ झंडा जुलूस निकालना या फिर - मानो तीन तरह से चुनाव जीतना मतलब राजनीति नहीं है! राजनीति के दैनिक जीवन में हर इंसान में एक नया सवेरा, एक नई रोशनी, एक नए क्षितिज की ओर एक यात्रा।

लेकिन वर्तमान समय में लोग करते हैं राजनीति - उन्हें अपने हृदय में छिपी जीवन की हिंसा और घृणा को प्रतिबिंबित करना होता है - इसलिए राजनीति के राजनीतिक विचार उन्हें दूसरों के मन में हिंसा और चोट पहुंचाने के लिए मजबूर करते हैं!

लगभग हर कोई यह भूल जाता है कि वास्तव में उसने किया है या करेगा - क्या इससे समाज को नुकसान होगा? अगर नुकसान समाज को होता है तो अंत में नुकसान भी होता है क्योंकि वह भी उसी समाज का हिस्सा होता है वही भूल जाते हैं।

केवल अपने हितों की रक्षा - कितना लाभांश - समाज के दिल में कितनी प्रसिद्धि या बदनामी होगी - यही एकमात्र लक्ष्य है - उसके लिए अवलोकन का विषय बन जाता है।

इसलिए जब भी अवसर मिले, गरीब अशिक्षित - कम से कम आधे पढ़े-लिखे लोग - उन्हें अपने हाथों की कठपुतली समझो! लेकिन सिर्फ अपने दम पर राजनीति के हितों को देखने के आंदोलन का नाम क्या है?

या सबका निस्वार्थ आंदोलन एक साथ - कोई भी सामाजिक या आर्थिक समस्याओं पर काबू पाने के नाम पर राजनीति? और क्या यह हर राजनीतिक दल में सभी के लिए वांछनीय नहीं है?

सामाजिक योगदान कम ध्यान देने वाला हो सकता है - किसी भी सामाजिक समस्या का सामंजस्य ही वास्तविक राजनीति है। बहुजनहिताय- बहुजन सुखाय राजनीतिक लोगों में ऐसी

अच्छी सोच नगण्य है।

लोगों को दिखाने के लिए सिर्फ एक नाम या पहचान नहीं - निस्वार्थ भाव से - लोगों के लिए खड़े होने के लिए राजनीति की असली पहचान!

जैसे हमारे देश के वीर बच्चों ने इस समाज और इस समाज के लोगों के लिए किया है... और इसलिए वे महापुरुष हैं!

वर्तमान में सारी राजनीति है हिंसा, घृणा, पक्षपात, गंदी गाली-गलौज। अगर कोई अच्छा करता है और उसे प्रोत्साहित करने के लिए उसके पक्ष में आता है, तो वह विपक्ष में बैठेगा क्योंकि वह एक विपक्षी दल है।

अगर कोई ऊपर जा रहा है तो उसे कैसे नीचे लाया जाए इसकी योजना हमेशा चलती रहती है।

वर्तमान राजनीति केवल व्यक्तिगत हितों के लिए है - जहाँ अपने हित शामिल हैं - बड़े पद या बड़े कर्ज मिल सकते हैं या कोई बहुत बड़े अपराध से खुद को बचा सकता है या छिपा सकता है - सभी राजनीतिक विचारधाराओं या नीतियों को भूलने में एक मिनट भी नहीं लगेगा।

कपडे बदलो। पिछली राजनीति के सारे सिद्धांत, सारे आदर्श, सारे पाप धुल जाएंगे - रंग या पोशाक के बजाय, पड़ोस का शहद शहद बन जाएगा।

वर्तमान में यही राजनीति है और सभी राजनीतिक पात्र...

समरेश ने जो कुछ कहा है उसमें यह बहुत अच्छा महसूस किया है - इसलिए दुनिया में विभिन्न कारणों से और इन कड़वे अनुभवों के कारण राजनीति के रसातल में रहना अच्छा नहीं है!

लेकिन वे राजनीति करने की बहुत आशा लेकर आए थे... देश और समाज की सेवा करने के लिए - देश के लोगों के लिए देश के लिए कुछ करने में सक्षम होने के लिए - इसलिए उन्होंने अपनी पार्टी की खातिर दिन-रात लड़ाई लड़ी। कोई रुचि लेकिन हाल ही में इसका कोई मूल्य नहीं है -

क्योंकि वह अपनी पार्टी से चोरी नहीं कर सकता, वह धोखा नहीं दे सकता, वह पार्टी के साथ धोखा नहीं कर सकता! वर्तमान पार्टी में, यदि आप ये काम नहीं करते हैं, तो आप बड़े होकर नेता नहीं बन सकते।

लेकिन लगभग सभी राजनीतिक दलों की वर्तमान दयनीय स्थिति में - वह यह दिखावा नहीं कर सकता कि वह ईमानदार

या चरित्रहीन है, उसके चेहरे पर कीचड़ नहीं है - भले ही वह दिखावा करे कि वह खड़ा नहीं होगा - उसे उसी का सामना करना पड़ेगा। बार-बार सवाल। धर्मपुत्र युधिष्ठिर या?

धीरे - धीरे...

उपन्यासः- " **परिवर्तन** "- तीसरे खंड का अगला भाग...